LE LIVRE
DES AMOURS

Henri Gougaud

LE LIVRE DES AMOURS

Contes de l'envie d'elle
et du désir de lui

Éditions du Seuil

TEXTE INTÉGRAL

ISBN 2-02-036194-9
(ISBN 2-02-025465-4, 1re publication)

Donner des lois à ceux qui s'aiment?
L'amour n'a d'autre loi que lui!

Boèce

PRÉFACE

Les contes ne parlent pas du monde de l'enfance, mais de l'enfance du monde. En eux sont l'innocence, la vigueur, le tutoiement de Dieu et l'absence de doute des premiers printemps de la vie.

Or il est un pays, dans l'univers foisonnant des jubilations orales, que les explorateurs ont obstinément évité : celui où se disent le désir, l'accointance entre homme et femme, l'appétit de jouissance, bref le bon usage de ce que le Créateur nous a mis au carrefour des jambes et du ventre. Pourtant, à fréquenter les contes et les mythes des peuples primitifs, il apparaît que les mille jeux du sexe furent partout célébrés à l'égal des manifestations les plus sacrées du bonheur d'être. La raison pour laquelle on considéra longtemps ces histoires de dards et de grottes mouillées comme peu dignes d'intérêt, et moins encore d'affection, tient probablement à cette gêne insurmontable que les aristocrates de l'esprit (ou prétendus tels) ont toujours éprouvée devant les intempestives libertés du corps. Notre Occident, aujourd'hui, ne les estime plus inspirées par le diable, mais il n'ose point encore penser qu'elles peuvent, ou ont pu un jour, plaire à Dieu. Le ciel, pour nous, demeure imperturbable et commence en tout cas au-dessus de nos têtes. Pour nos ancêtres simples, il n'était pas de lieu, aussi humble soit-il, où il ne fût présent. Comment donc imaginer que le Veilleur de nos âmes ait pu jamais mépriser ce bas-ventre où pousse l'arbre de vie ? Il est sans cesse là, attentif au plaisir de ses fils malhabiles, distributeur des rôles, pourvoyeur des jouissances, arbitre des guerres amoureuses, joueur voluptueux autant que Père saint. Et l'on peut à bon droit penser, tant il est constant au bord des lits d'amour, quand il n'est pas lui-même à se rouler dedans, que ces lointains vivants qui nous ont mis au monde considéraient l'acte amoureux comme une forme de prière, et la prière comme une exaltation éperdue de la force de vie.

Ils avaient, eux, l'innocence fondamentale qui manque à nos cœurs. La fréquentation des traditions orales nous apprend que plus une société se civilise, plus Dieu se fait abstrait, plus il s'éloigne de la terre et du corps de ses enfants, plus les jeux de l'amour s'encombrent d'interdits, de juges pointilleux et de secrets coupables. Et quand le désir ainsi contraint s'insurge, réclame ses droits et se défait de ses empêtrements, il reste seul avec lui-même, plaisir amputé du bonheur, terre sans ciel, âme sans foi. Dieu s'est enfui du ventre et n'y peut revenir.

En vérité, ces contes injustement négligés nous enseignent que l'Inspirateur du monde ne se soucie en rien de nos hauteurs, de nos bassesses. Il ne se mérite pas. Il vient, tout simplement, où il est invité. Et pour peu qu'on l'accueille il parfume les chambres, ravive les couleurs, ensemence du sens dans les moindres soupirs, exalte les paroles, fait en somme travail divin. Pour nos ancêtres, il va de soi que la force d'aimer prend sa source dans le Maître de la Création, et qu'il n'est pas de plus joyeux devoirs que de célébrer ces outils qui nous furent donnés pour la servir. Il suffit, si l'on veut s'en convaincre, de goûter à l'incomparable profusion langagière qui n'a jamais cessé de jaillir de la fourche des cuisses. Plus de trois cents noms désignent, dans la seule langue française, le sexe de l'homme, autant le sexe de la femme, et plus encore l'union des ventres. Ce sont les mots de la prière des corps. Ils aiguillonnent le désir, échauffent les humeurs, emballent le sang, allument les regards. Comme les prières, ils sont déjà des actes. Qu'ils soient subtils ou orduriers, ornés ou bruts, francs ou métaphoriques, ils expriment l'irrésistible élan de la vie, cette force qui va et traverse nos corps, aveugle au convenable et à l'inconvenant.

Il va sans dire que ces contes sont aussi universels que le désir humain. Ceux qui peuplent ce livre sont tous, évidemment, de tradition orale. Quel que soit le pays de leur naissance ils disent le même étonnement de se voir au soleil après l'ombre insondable, le même émerveillement devant l'amour qui fit, où n'était rien, une bouche, des yeux, des oreilles, un visage, un cœur dans la poitrine où demeurent en secret un esclave et un roi. Il m'a plu de servir ces œuvres qui ont tant à nous apprendre sur un bonheur à réinventer. Il me plaît plus encore qu'elles m'aient permis de prendre place dans cette famille d'hommes intemporels dont les paroles chantent et dansent sans fin autour du mystère d'être au monde, le plus simple de tous, de tous le plus profond.

HENRI GOUGAUD

Henri Gougaud est né à Carcassonne en 1936. Parolier de nombreuses chansons pour Jean Ferrat, Juliette Gréco et Serge Reggiani, auteur d'ouvrages de science-fiction, lauréat de la bourse Goncourt de la nouvelle en 1977, il partage son temps d'écrivain entre les romans et les livres de légende.

Afrique

La déchirure

Qui fit le monde comme il est ? Père Dieu, chacun sait cela. Mais comment il fit homme et femme, et pourquoi homme et femme s'aiment, et s'entrebaisent, et se marient ? L'âme le sait au fond des êtres, mais elle est timide, elle se tait. Écoutez donc la vérité.

Le premier vivant que Dieu fit avait un corps et deux visages. Il était fort, il était sage, il savait de cœur et de sens jouir du ciel et de la terre, il savait que la vraie lumière se regarde les yeux fermés, il savait ce que les morts savent, et ce que sait aussi l'enfant avant le ventre de sa mère. Il savait tout du haut, du bas. Il n'avait désir que de vivre la vie qui lui était donnée.

Or Dieu aimait les joies du monde. Il découvrit un jour d'été un vin de palme éblouissant. Il but, il fit claquer sa langue, son œil brilla, son nez rougit, son esprit lui sortit du crâne, il se mit à rire de rien, à battre des mains, à danser, bref à faire tant et si mal qu'il s'empêtra dans les étoiles et dégringola l'escalier. Ce fut comme un éclair d'orage. Où tomba- t-il ? Sur l'être double qui regardait naître la nuit au bord d'un torrent de montagne. Le coup le fendit au milieu.

La moitié roula face au ciel, l'autre moitié face à la terre. Les deux se relevèrent ensemble, voulurent s'accoupler encore. L'un sentit pousser une verge en haut de ses cuisses affolées, l'autre gémit, creusa son ventre pour accueillir cette chair vive, sa propre chair, sa propre vie. La merveille des retrouvailles dura le temps d'un cri d'amour. A nouveau ils se séparèrent comme Dieu les avait tranchés.

Depuis ce temps l'homme et la femme se joignent, s'accolent, s'éloignent, se cherchent encore infiniment. Ils souffrent d'une déchirure, ne vivent que pour la guérir. Ils font l'amour comme l'on prie. Ils jouissent. Leurs ventres savent qu'ils ne sont qu'un être en esprit.

Les feuilles sèches

Dieu donc créa le monde, arbres, prés et buissons, animaux à poil dur, oiseaux, bêtes rampantes. Après quoi il pétrit un homme et une femme, bâtit pour lui une cabane dans un champ à l'orée d'un bois, et pour elle une hutte au bord d'une rivière. Entre eux il traça un chemin. Mais aucun ne le vit. Tous deux étaient aveugles. Leurs yeux étaient semblables à ceux des nouveau-nés, la porte des paupières était encore close. Ils vécurent un moment ainsi, sans que rien ne les pousse ensemble, et Dieu, tout ce temps-là, put dormir sans souci.

Mais un jour, puisant l'eau chacun devant chez soi, leur vint au même instant le même sentiment déraisonnable et sûr : au bout du sentier droit qui traversait les herbes était une présence infiniment précieuse à leur vie, à leurs rêves. Dieu, voyant naître leur désir, pensa dans sa lumière haute que l'un bientôt irait à l'autre. Il voulut savoir qui, de l'homme ou de la femme, ferait le premier pas. Il fit tomber sur le chemin une averse de feuilles sèches. « Quand je les entendrai bruisser, se dit-il, je m'éveillerai. Je verrai qui marche sur elles, et donc lequel de mes enfants est le plus vulnérable à la fièvre amoureuse. » Ayant ainsi pensé, il alla se coucher dans son lit de nuées.

La femme, ce soir-là, sortit devant sa porte, et cherchant çà et là quelque chose à manger mit par hasard la main sur un crapaud ventru. La bête lui cracha son venin au visage et coassant éperdument bondit dans l'herbe de la rive. La femme, dépitée, essuya sa figure. L'ongle du petit doigt lui érafla les yeux. Ses paupières s'ouvrirent. Elle vit, et s'étonna. Au-dessus d'elle était un ciel, autour d'elle la terre, un fleuve scintillant, des arbres, des fourrés, mille couleurs mouvantes, un vieux soleil couchant à l'horizon de l'ouest, une maison, là-bas, et devant ses pieds nus un sentier qui allait à ce lieu désirable. Elle vit aussi les feuilles sèches. Elle flaira le piège divin. « Si je vais où le veut le feu qui m'aiguillonne, Vieux Père le saura, se dit la fine mouche. Or j'aimerais mieux qu'il l'ignore. » Elle s'assit, réfléchit au moyen de tromper les oreilles divines, puis elle sourit, maligne, courut emplir son seau à la rivière proche, arrosa le feuillage sec et l'amollit assez pour qu'il ne bruisse pas. Quand ce fut fait, prudente et preste, elle s'en fut sur le bout des pieds chez celui qu'elle voulait connaître. Dieu remua dans son sommeil, grogna et revint à ses songes.

La femme trouva l'homme admirablement fait. Elle lui ouvrit les yeux en deux coups d'ongle vif. Il trouva sa compagne exactement semblable à celle qui hantait ses rêveries d'aveugle. Ils s'émurent, ils se palpèrent, tremblèrent tant qu'ils se couchèrent, ils trouvèrent à tâtons les chemins désirés, ils jouirent, ils se demandèrent comment ils avaient pu survivre sans leurs regards, sans leurs visages. Ils se baisèrent encore. Enfin la femme dit dans un souffle ravi :

– Vois, le soleil se lève. Dieu ne va pas tarder à tomber de son lit, et je n'aimerais pas qu'il nous surprenne ici, ensemble, l'un sur l'autre. Homme, je dois partir. Demain soir à la nuit tu viendras me rejoindre.

L'homme vit le matin pour la première fois, il vit son

ombre longue, il la vit raccourcir, vit le soleil d'aplomb sécher les feuilles mortes et les ombres à nouveau jusqu'au soir s'allonger. Enfin il vit la lune et son troupeau d'étoiles sortir des bergeries célestes. Alors il chaussa ses sandales et chantonnant tout doux s'en fut à ses amours.

Son talon écrasa lourdement les feuillages. Ils bruissèrent, ils craquèrent. Il ne s'en émut pas, son esprit était tout à son plaisir nouveau. Il entendit tonner au-dessus de sa tête :

– Où vas-tu donc, mon fils ?

L'autre courba le dos, mit les mains sur son crâne.

– C'est toi, reprit la voix, qui le premier succombes à la fièvre d'amour. Jusqu'à la fin des temps, qu'il en soit donc ainsi. Tu iras à la femme et la femme attendra que tu la pries d'aimer.

– Mais, Seigneur, risqua l'homme.

Il ne dit plus un mot. Il était amoureux et craignait pour l'aimée le jugement divin. Lui seul, depuis cette heure où Dieu l'interpella, sait que la femme veut sans cesse la première. C'est son désir qui tout allume. « Regarde-moi », dit-elle, et l'homme vient à elle, et Vieux Père, là-haut, sourit dans son sommeil.

Comment le plaisir vint au village

Le Créateur vivait, en ces temps oubliés, au village des hommes. Ciel et Terre étaient frère et sœur. La peur, le chagrin, la souffrance, la migraine, le mal aux dents ne pesaient point sur l'habitant. Vieux Père était heureux et simple. Il jouait. Il s'émerveillait à pétrir des poignées d'argile, à leur donner cœur, souffle, sens. Ainsi naissaient de lui les gens. Ils tombaient de ses mains la parole à la bouche, la force dans les muscles et la lumière aux yeux, inaccessibles au mal, sans passé ni futur. Ils ne connaissaient rien (et ne désiraient rien) qu'un présent toujours neuf.

Or un jour, comme Dieu, son ombrelle à l'épaule, allait nonchalamment parmi les huttes rondes, il fit halte soudain, le regard allumé, la narine gourmande. Un lièvre rôtissait près d'une porte ouverte. Une femme accroupie le poudrait de safran.

– Quel parfum délicieux, dit-il en se penchant sur la bête embrochée. Puis-je goûter un brin de ce râble doré ?

Elle lui répondit :

– Garde-t'en. J'ai grand-faim, et mon homme aussi. C'est là notre repas, Seigneur, et point le tien.

Pour la première fois Dieu se sentit le cœur tout à coup à l'étroit dans son corps infini.

– Femme, dit-il, tu me fais mal. Qui a créé cet animal ?

C'est moi, père de toute chose. Allons, sois bonne, nourris-moi. Un lambeau, rien de plus, sur le bout de mon doigt.

La femme, l'air buté, éventa la fumée au-dessus du rôti et du même coup sec chassa la main tendue.

Dieu s'en trouva peiné. Le village, soudain, lui sembla prosaïque. L'air ne paraissait plus amoureux des maisons, des arbres, des ruelles. Il ferma son ombrelle et quitta ce pays qui ne lui plaisait plus. Il s'en alla au ciel, où il se fit ermite.

Mais il ne fut pas bien dans sa maison d'En-Haut. Il y bouda d'abord, puis la tranquillité lui revenant au cœur, il s'ennuya beaucoup. « A quoi bon, se dit-il, avoir fait des enfants, si c'est pour vivre seul ? » Il jeta un coup d'œil en bas, dans le village. Que vit-il ? Des hommes, des femmes occupés comme à l'ordinaire à leurs travaux, à leurs bonheurs. L'appelaient-ils parfois ? Contemplaient-ils le ciel avec quelque anxiété ? Ils chassaient, ils mangeaient, buvaient, riaient, jouaient, et s'ils levaient le front c'était de peur qu'il pleuve. « Ils ne m'aiment plus », pensa l'Oublié. Il voulut revenir parmi ses fils et filles. Mais seul le désir aimante les êtres, et Dieu n'était plus assez désiré. Alors l'idée lui vint d'attirer jusqu'à lui ceux qui ne voulaient plus l'accueillir parmi eux. Il inventa la mort. Non point pour les punir, ni pour se venger d'eux, mais pour qu'ils viennent à lui. Il attira les âmes, où était la vraie vie. Les corps, trop lourds pour l'air subtil des hauteurs bleues, demeurèrent ici-bas et nourrirent la terre.

Or le village s'amaigrit. Les toits de paille s'effondrèrent sur les maisons abandonnées par les trépassés envolés. Nul ne les remplaçait. Sans argile pétrie par les mains de Vieux Père et sans son souffle chaud sur la bouche et les yeux, comment voir et goûter ? Comment venir au monde ? On cessa de jouer. On s'effraya de tout. Dieu vit et n'aima point ces misères nouvelles.

Il consulta l'amour prisonnier de ses larmes, et le bonheur aussi, qui lui dansait autour. Quand ce fut fait il vit, auprès de lui, un être.

– Qui es-tu ? demanda Vieux Père.

– Ton messager, si tu le veux, répondit le nouveau vivant. C'est ta méditation qui m'a fait prendre corps. Puisque tu ne peux plus donner la vie aux hommes, ils le feront eux-mêmes, et je les aiderai.

– Comment ? dit Dieu, perplexe.

– J'entrerai dans leur chair, j'exciterai leurs sens, j'éveillerai leurs sexes et je les forcerai à jouir l'un de l'autre. Ainsi, sans ton secours, ils se multiplieront.

– Quel est ton nom, dis-moi, ô fils inattendu ?

– Nomme-moi donc toi-même, ô Dieu. Je suis ton œuvre.

Vieux Père répondit :

– Tu seras le Plaisir dans le corps des vivants, sans cesse passager, sans cesse renaissant. Va donc, mon messager. Console mes enfants d'être privés de moi. Désormais ils naîtront, grandiront, vieilliront. Le temps sera leur maître et toi leur compagnon secourable et secret.

Dieu se tut. Le Plaisir descendit sur la Terre. Jusqu'à ce jour présent il a fait son devoir.

Le sel

Cet outil qu'on appelle verge, brandon, braquemart, flûte, asperge, doigt qui n'a pas d'ongle, ardillon, voltigeur ou bâton de lit, en un mot ce machin pendu qui fait d'un être humain un homme, était en ce temps-là un vivant sans famille libre d'aller et de venir, de manger, parler et dormir comme font les gens ordinaires. Que son nom soit pour cette histoire, puisqu'il en faut un, Monsieur Dard. Le vagin, autrement nommé abricot, amande, coquille, figue, fontaine, forteresse, trou mignon ou tunnel d'amour, bref ce graal dont toute femme est aujourd'hui dépositaire, était à cette même époque pareillement indépendant. Madame Vase-Doux vivait, tout comme Monsieur Dard, sa vie.

Leur village était pauvre. On y criait famine. Ils décidèrent donc (ils étaient bons amis) d'aller un jour ensemble à la ville voisine, espérant échanger contre quelques bouillies leurs derniers coquillages. Madame Vase-Doux aimait la soupe au mil. Elle acheta de quoi s'en cuire une marmite. Monsieur Dard, lui, pensait que le sel maritime était remède à tout, et surtout aux chagrins des jeunes gens flapis. Il s'en fit donc peser un sachet d'une livre. Après quoi, contents du voyage, ils s'en retournèrent au pays.

Or, comme ils cheminaient, le ciel se renfrogna. Le tonnerre gronda, sur les arbres effarés des éclairs s'abattirent, et comme Monsieur Dard levait, la mine inquiète, son front chauve vers les nuées, l'orage (un gros et gras) lui cracha dans les yeux ses deux premières gouttes.

– Mon sel ! dit-il, la voix tremblante. Il ne survivra pas à l'averse qui vient ! Il va fondre. Malheur ! Madame Vase-Doux, sauvez-moi ! Sauvez-le ! Où le mettre à l'abri ?

Son air s'illumina.

– Grâce à Dieu j'ai trouvé : dans votre grande bouche. Ouvrez-la, que j'enfourne.

Madame Vase-Doux, docile, décolla ses belles lèvres rouges, l'autre poussa dedans sa livre de sel fin, après quoi tous les deux cherchèrent quelque endroit où s'abriter de l'eau qui déjà ruisselait par mille trous célestes. Madame Vase-Doux vit une termitière, aussitôt y trotta.

– Voilà ce qu'il me faut, dit-elle à Monsieur Dard.

Derrière elle il cria :

– Poussez-vous s'il vous plaît ! Faites-moi de la place !

– Allez ailleurs, répondit-elle. Le lieu est trop étroit pour deux.

Monsieur Dard, le dos rond, s'en alla sous un arbre et là bâtit de quelques branches un abri sûr et presque sec.

Or la pluie redoublant fit bientôt de la termitière un inhabitable bourbier. Madame Vase-Doux se vit dehors sans même avoir ouvert la porte. Elle courut à la hutte où était Monsieur Dard. Il avait allumé du feu. Il se faisait cuire un potage.

– Venez vite, dit-il, et rendez-moi mon sel, je dois assaisonner.

– Le sel ? Honte sur moi ! Je n'ai plus rien en bouche !

Monsieur Dard s'empourpra.

– Vous voulez me jouer un tour de mauvais goût ! Coquine, avouez donc !

– Vous ne me croyez pas ? Entrez, lui répondit Madame Vase-Doux. Vérifiez vous-même !

Monsieur Dard se raidit, pénétra rudement chez sa compagne ouverte, fureta çà et là, poussa, sortit, revint.

– Fouillez, fouillez partout, lui dit, la voix mourante, Madame Vase-Doux. Et ne vous pressez pas surtout, j'ai tout mon temps !

Monsieur Dard, furibond, ne trouvant nulle part son sel qui guérit tout, cracha un long jet blanc, quitta les lieux enfin. Il resta un moment abattu, tête basse.

– Peut-être avez-vous mal cherché, lui dit Madame Vase-Doux. Vous aurez oublié quelque recoin secret. Qui sait ? Voulez-vous pas vous remettre à l'ouvrage ?

Et l'autre relevant le front revint bravement à ses fouilles.

Depuis il cherche et cherchera jusqu'à la fin des temps sans doute. Quand il est fatigué il crache et s'en retourne aux affaires du monde. Mais l'espoir renaît vite. Alors, ragaillardi, il repart dans la bouche obscure chercher le sel dont il ne reste rien qu'un parfum d'océan entre deux lèvres tendres.

Tendre-Marmite, Pilon-d'Amour et Boules-en-Sac

Pilon-d'Amour et Boules-en-Sac étaient voisins, en ce temps-là, de madame Tendre-Marmite. Il faisait faim dans le village. Le soleil décharnait les arbres, les seins des femmes, les enfants, et le vent emportait la terre au creux des torrents asséchés.

– Amis, allons glaner des fruits, dit un matin Tendre-Marmite à ceux de la hutte à côté. Courage, il faut tenter de vivre !

Tous trois s'en furent au bord d'un champ où étaient des buissons de mûres parmi l'herbe rare et les rocs.

Sur une souche de figuier Tendre-Marmite se posa, ébouriffa sa chevelure et dit à ses deux compagnons :

– Au travail ! Moi, je vous surveille. Quand vos doubles paniers seront pleins à ras bord vous les viderez là, sur cette pierre plate, et j'en ferai deux parts. La première pour moi, la deuxième pour vous.

– Quoi, gronda Boules-en-Sac, tu prétends fainéanter, te peigner la tignasse et nous couver d'un œil pendant que nous, bons bougres, écorcherons nos doigts ?

Tendre-Marmite, dédaigneuse, ouvrit grande la bouche et se lissa les cils.

– Et tu voudrais en plus avoir ta part de fruits ? soupira Boules-en-Sac, exténué d'avance.

Pilon-d'Amour lui dit :

– Viens donc, il faut comprendre, Tendre-Marmite a peur de s'abîmer la peau. C'est un être secret, fragile, délicat. Le soleil l'effarouche.

– Elle n'aura rien de moi, grogna l'autre, buté.

Ils s'en furent parmi le champ. Ce que Boules-en-Sac récolta, il en gonfla ses joues pansues et s'en pourlécha les babines. Pilon-d'Amour fit son ouvrage en fredonnant un air gaillard.

Comme midi tombait d'aplomb, de lourdes bouffées grises envahirent le ciel. Le tonnerre gronda. Les éclairs crépitèrent. Pilon-d'Amour leva le front.

– Dieu là-haut allume sa pipe, voyez comme il bat son briquet ! Il va bientôt éternuer !

– Du calme, dit Tendre-Marmite. Si la pluie tombe, mes amis, je saurai vous mettre à l'abri.

L'éternuement de Dieu fit trembler ciel et terre. L'orage s'abattit d'un coup. Pilon-d'Amour courba l'échine, laissa là son double panier, s'en fut en hâte au bord du champ.

– Attends-moi ! cria Boules-en-Sac en courant et se dandinant comme une oie grasse épouvantée.

Ses pieds s'empêtraient dans son ventre tant il avait mangé de fruits. Pilon-d'Amour, le front luisant, buta contre Tendre-Marmite. Elle s'ouvrit.

– Entre donc, dit-elle.

Il franchit le seuil. Il chanta :

Je plonge, plonge, plonge en toi,
mystère des bontés divines !

Tendre-Marmite gazouilla :

Tu plonges, plonges, plonges en moi,
oh puissante et douce racine !

Boules-en-Sac, dehors, protesta :

Ahi, je suis sans feu ni toit !
Je me mouille et me ratatine !

C'est ainsi que se fit l'amour. C'est ainsi qu'il se fait toujours. Quand au nid de Tendre-Marmite vient s'ébattre Pilon-d'Amour, Boules-en-Sac demeure à la porte. La faute à sa grosse bedaine gonflée de mûres un jour de pluie. Femme, ouvre-toi, le conte est dit.

Comment vint aux femmes la bouche d'en bas

C'était aux premiers jours. Le monde s'éveillait, les gens dans les villages écoutaient ses musiques, les figures riaient, l'amour naissait tout doux, mais les femmes n'avaient ni fente ni fontaine au carrefour d'en bas, les hommes n'avaient rien entre leurs cuisses brunes pour visiter ces lieux, et Dieu, de temps en temps, leur faisait des enfants sans consulter personne.

Or, un matin de ces jours-là, un chasseur dit à son garçon :

– Ton poing est assez fort pour tenir droit un sabre. Prends celui-ci, mon fils, mon père l'a porté, il saura te défendre. La plaine et ses gibiers désormais sont à toi. Mais si tu veux m'en croire, évite la forêt. Un monstre hante ses fourrés. Une nuit, je l'ai vu, tapi dans l'ombre épaisse. J'ai fui, les bras au ciel. Et pourtant tu connais mon intrépidité !

Ce qu'un père défend est toujours désirable ! Le garçon s'en alla. Où ? Dans le bois touffu.

Un moment il guetta à l'orée des feuillages, le cœur tourneboulé par un désir obscur, orageux, héroïque. Il s'avança d'un pas, ne vit bête ni monstre, s'enfonça fermement dans l'ombre des grands arbres, le sabre au bout du bras. Il chemina longtemps, tranchant les branches basses et les ronciers griffus, jusqu'à parvenir en un lieu profond, ombreux, inextricable. Le soleil n'y tombait que par fils d'araignées, et les oiseaux n'y chantaient plus. Le sol semblait bouger. Il fit halte et gémit, les yeux écarquillés. L'animal redoutable était là, affalé.

C'était en vérité un vagin prodigieux. Sa fente était semblable à une vallée rouge, ses lèvres débordaient sur les arbres alentour, sa toison foisonnait d'insectes et de bois mort. Le garçon, agrippé des deux poings à son arme, prit un souffle tremblant et se mit à chanter :

Grand chasseur d'aigles, d'antilopes,
j'ai trouvé le monstre étouffant !
Grand chasseur, galope, galope,
viens au secours de ton enfant !

Le père, assis devant sa porte, aiguisait son sabre de fer. Il tendit l'oreille, écouta.

– Est-ce mon garçon que j'entends ? Ce vaurien m'a désobéi ! Il est allé (j'en étais sûr !) défier le grand dragon flasque !

Il prit son arme et sa ceinture, suivit la trace de son fils.

Il le trouva tout grelottant derrière un arbre millénaire.

– Je t'avais bien dit, misérable, de ne jamais venir où nous voilà tous deux ! Maintenant, il nous faut combattre. Recommande ton âme à Dieu !

Seul l'effroi crée les monstres. Il n'y avait là, devant les deux guerriers farouches, qu'un vagin innocent, quoique grand comme un lac. Il fut bientôt tranché, taillé, haché menu, si bien qu'au soir dans les broussailles n'était plus un sexe de femme mais mille et mille, dispersés.

On apprit bientôt la nouvelle dans les villages du pays. La chatte gigantesque avait fait des petits ! Les filles, émoustillées, s'en vinrent voir de près cet ornement velu qui manquait à leur ventre. Chacune en choisit un et le mit à sa place. Alors Dieu décida que par ce trou secret passeraient les enfants et le plaisir d'amour. Les femmes en furent satisfaites, quoique fort décontenancées. Car un outil manquait à cette œuvre divine. Comment fut-il donné aux hommes ? Un conte l'a dit, le dira quand ton oreille le voudra.

Comment l'aiguillon vint aux hommes

Le frétillant, aux premiers jours, ne se balançait pas au bas du ventre mâle. Il poussait sur un arbre. Au-delà du premier village de ce monde était une forêt, et dans cette forêt était cet arbre à fifres. Qui le découvrit ? Une femme. Voyant ces fruits appétissants partout pendus aux branches hautes, sa bouche d'en bas saliva. « J'en veux, j'en aurai », se dit-elle. Elle se hissa sur les orteils, tendit les bras, tira la langue. Elle ne put palper que la brise qui murmurait dans la feuillée.

Elle courut chercher ses compagnes.

– Mes sœurs, mettez vos pagnes rouges, lavez-vous les mains et le front, ornez vos gorges de colliers et vos nombrils de perles bleues ! Là-bas dans la clairière est un arbre à désir. Venez, courons, suivez-moi vite !

Piaillant, riant, elles s'habillèrent, elles s'embellirent, elles s'en allèrent. Seule resta dans sa maison une adolescente galeuse. Ses sœurs n'avaient pas voulu d'elle. A bout de souffle elles s'assemblèrent à l'ombre du feuillage où les verges pendaient. Le nez haut elles les contemplèrent, ne surent que dire, que faire et s'en retournèrent bredouilles, rêvant de bonds légers, jalousant les oiseaux.

La galeuse oubliée le matin au village s'en vint au-devant de la troupe.

– Grandes sœurs, avez-vous trouvé ?

Les autres grimacèrent, et grognèrent, et grincèrent :

– Nous avons regardé sans pouvoir rien atteindre.

– Demain, amenez-moi. Je séduirai ces fruits que nous désirons tant. Je sais comment m'y prendre.

– Tais-toi, tu sens mauvais. Comment pourrais-tu vaincre où nos corps parfumés n'ont rien amadoué ?

Elles crachèrent à ses pieds et rentrèrent chez elles.

Le lendemain matin, lavées, coiffées, vêtues, les épaules et les seins frottés d'huile d'amande à nouveau elles s'en furent à l'arbre magnifique. Toutes, la nuit durant, avaient rêvé de lui. Jusqu'au soir elles bondirent et lui dansèrent autour. Les chibres dans leur ciel de feuillage bruissant restèrent imperturbables. Les filles s'en revinrent en geignant et pestant. A la lisière du village, la galeuse leur vint devant.

– Demain, permettez-moi de vous accompagner. Croyez-moi, grandes sœurs, vous en aurez du bien !

– Écarte-toi de nous, ton odeur nous salit !

– Cueillir un bistoquet, toi ? Qu'en ferais-tu donc ?

– Cette souillon se croit déesse. Allons, les filles, laissons-la !

Elles rirent méchamment, passèrent leur chemin.

Le lendemain pourtant elles la laissèrent suivre, chacune en pagne rouge, elle vêtue de rien trottant sur leurs talons. Elle était propre et nue, elle n'avait pas de perles en collier sur la gorge mais dans ses yeux étaient des diamants éblouis. Quand elle fut devant l'arbre elle ne se hissa pas sur la pointe des pieds, ni ne cria au ciel comme firent les autres. Elle se coucha dans l'ombre, elle écarta les jambes, ferma les yeux, chanta :

Viens mon oiseau, viens mon serpent,
viens dans le nid que femme porte,

vois je t'ouvre grande la porte.
Depuis le temps que je t'attends !

Un dard pointu frémit, là-haut, dans le feuillage, un autre ému par la musique se pencha vers le ventre plat, tous se gonflèrent d'aise. Les branches jusqu'au sol lentement s'inclinèrent. Les filles, les mains hautes, en criant et riant leur bondirent dessus, emplirent leurs paniers et revinrent au village.

La galeuse, le soir venu, les assembla devant son feu.

– Donnez ces verges aux hommes, ils sauront les nourrir, leur dit-elle en secret. Si vous les laissez seules au pied de votre lit avant demain matin elles seront rabougries. Elles périront bientôt, sans racines vivantes !

Toutes lui obéirent. Les garçons, depuis lors, sont ornés comme il faut. Ils le doivent à la mal-aimée qu'on laissait seule à la maison. Elle n'avait pas de pagne rouge, mais elle connaissait la chanson.

La chatte sauvage

On dit qu'aux temps anciens la coquille d'amour que toute femme tient entre jambes et nombril était comme un objet dont elle pouvait s'orner ou non, selon l'envie. Elle la laissait parfois dormir sur l'étagère, parfois quand venait le désir elle se la glissait à sa place, jouissait d'elle avec son homme, puis la posait au pied du lit et se tournait contre le mur, le ventre à nouveau lisse et vide.

Or un jour deux époux s'en allèrent en voyage. Le mari prit son arc, son sac et son bâton. La femme mit des fruits, des viandes, des galettes dans son panier d'osier, elle posa par-dessus son affaire à plaisir et tous deux, le soleil au front, mirent le chemin sous leurs pas. Marchant l'un devant l'autre, environnés d'abeilles et d'oisillons bavards, ils parvinrent bientôt au gué d'une rivière. Là, comme ils traversaient, un coup de vent sournois troussa la voyageuse. Elle leva une jambe, elle battit l'air des bras, rattrapa son panier vacillant sur sa tête, mais à sa main tendue son baisoir échappa. Il tomba dans l'eau. Elle chanta :

Mon creux doux, ma boîte à musique,
ma chatière, mon cœur d'en bas,
mon trésor, mon sillon magique,
au secours mon homme, il s'en va !

Le fendu comme un poisson vif s'enfuit entre deux eaux, s'en revint, resurgit. L'homme plongea, battit les vagues. Il roucoula, les doigts luisants :

Viens là, viens rire, viens jouer,
viens à mes mains, viens à ma bouche,
laisse-moi donc t'amadouer,
oh fine fleur des fines mouches !

Un instant le fuyard se laissa titiller, à nouveau s'échappa dans les mille soleils qui jouaient sur les vagues. La femme courut au rivage.

– Je le vois, poursuis-le, mon homme, poursuis-le !

L'époux trotta et trébucha, tomba, éclaboussa le ciel, pesta, cria :

– Femme, aide-moi !

Elle battit des mains, elle chanta :

La belle envie m'ouvre les cuisses,
viens au chaud, ma chatte mouillée !

Et l'homme, ruisselant :

Vois comme il demande pitié
mon joli bâton de réglisse !

Ils s'échinèrent tant et tant qu'enfin le puits doux s'en revint entre le courant et la rive. Sa bouche béante était rouge comme la chair sous le couteau.

L'homme posa la main sur lui. Il le berça, le caressa. Enfin il dit à son épouse :

– Allonge-toi et chante encore.

Alors, tandis que s'élevait le chant du plaisir désiré, il mit en place l'évadé, et le menaçant de son dard :

– Là tu es, là tu resteras tant que ma femme sera femme.

Sa parole était si puissante qu'elle fut de partout entendue. Depuis ce jour aucune chatte n'ose s'échapper de son nid. J'ai dit vrai. Le conte est fini.

Ogun et Oluré

Au premier jour du temps dans sa maison d'En-Haut notre Père accoucha d'un homme et d'une femme : Ogun et Oluré. Ils ouvrirent les yeux, regardèrent le monde. Le soleil neuf régnait sur les arbres, les fleuves, les monts, les routes droites et les plaines désertes. Ils aimèrent l'air bleu, les feuillages bruissants, les parfums de la terre.

– Allons nous promener, dit Ogun à sa femme.

Oluré répondit :

– Je ne veux pas de toi. Dans ce pays béni je préfère aller seule.

Il resta donc chez Dieu. Elle s'en fut sur la terre.

Elle goûta l'eau des sources, les fruits des branches basses, les murmures des champs, l'infini des chemins. Elle voyagea longtemps, heureuse de fouler la première poussière, de s'offrir à la brise et de tendre la main aux oiseaux apeurés. Quand vint le crépuscule elle grimpa sur un roc pour saluer au loin les beautés du couchant. Or, devant l'horizon, était un baobab. Il emplissait l'espace. Elle agita les bras. Elle cria :

– Tu me gênes ! Au large ! Écarte-toi !

L'arbre n'entendit pas. Elle appela Ogun. Il fut aussitôt là, assis à côté d'elle.

– Vois ce géant feuillu. Il m'agace les yeux. Il me vole

ce feu que Dieu vient d'allumer, là-bas, au bout du monde. Homme, il te faut l'abattre !

Ogun dans le rocher se tailla une hache et suivit Oluré. Elle se coucha dans la verdure, regarda son homme au travail. Au premier coup porté un éclat de bois dur aiguisé comme un dard traversa l'air du soir. Il alla se planter dans la chair d'Oluré, entre ses cuisses ouvertes. A peine elle sursauta, poussa un cri menu, ne sentit presque rien. Quand l'arbre fut couché, elle renvoya Ogun. Dans la rosée de l'aube elle se remit en route.

Sa marche réveilla l'écharde dans son corps. Elle gémit, se mordit la lèvre. Le moindre pas bientôt lui fut une torture. Elle tomba à genoux, à nouveau appela Ogun à son secours. A peine dit son nom, il parut devant elle. Il palpa doucement la douleur d'entrejambe, ôta l'éclat de bois, puis caressa encore. Enfin il murmura :

– Maintenant, s'il te plaît, faisons l'amour ensemble.

Oluré lui sourit. Ils jouirent sept fois, puis ils revinrent au ciel. Dieu pétrissait la lune, assis devant sa porte.

– Désormais, leur dit-il, vous vivrez sur la terre, dans la même maison. Et puisque Ogun d'abord avoua son désir, il en sera ainsi tant que je serai là, à veiller sur vos vies. L'homme proposera, la femme acceptera ou non, selon l'envie.

Que sont les hommes ? Rien. Des mendiants, des esclaves. S'ils veulent du plaisir, il leur faut demander. L'épouse va devant, l'époux trotte derrière. C'est la faute d'Ogun. C'est grâce à Oluré.

La guerre d'amour

Bâton-d'Homme-à-Bout-Rond et Caverne-Frisée avaient en ce temps-là leur maison dans la brousse. Ils vivaient pauvrement, couraient les hautes herbes en sauvageons craintifs, glanaient des œufs perdus, des fruits tombés des arbres et le soir s'endormaient sur leur litière sèche la bouche ouverte au ciel, comme des oisillons espérant la becquée.

Or vint une saison de misère si maigre que les serpents mouraient dans les buissons pelés.

– J'ai appris d'un héron que des animaux gris vivent dans l'eau courante, dit Caverne-Frisée. Si j'ai compris le mot, on les nomme poissons. Demain, j'irai tremper mon panier dans le fleuve. Avec l'aide de Dieu, j'en prendrai quelques-uns et je les mangerai.

Bâton-d'Homme-à-Bout-Rond répondit mollement, en bâillant aux étoiles :

– Avec l'aide de Dieu, demain, je dormirai. Je ne peux même plus tenir ma tête droite.

Dès le soleil levé, sa compagne partit.

Elle revint à la nuit, traînant à grands efforts son panier ruisselant. Elle versa sur le seuil mille éclats d'argent vif, fit crépiter le feu, mit sa serviette au cou et goba la friture. Bâton-d'Homme-à-Bout-Rond sortit devant la porte.

– Et moi, femme ? dit-il, la salive à la bouche. Sers-moi bien ! Sers-moi vite !

Il tendit son assiette à Caverne-Frisée. Elle déposa dedans une pincée de sel.

– Voilà ta part, mon beau, dit-elle en essuyant ses lèvres.

Il dîna ce soir-là d'un parfum de marée et s'en fut dans son coin, ruminant des vengeances.

Le lendemain matin, à l'heure où le soleil ôte son bonnet rouge et salue l'univers, il alla droit au fleuve. Au soir il s'en revint, fier comme un baobab, la tête couronnée d'un couffin débordant de merveilles d'eau douce. Il n'eut pas un regard pour Caverne-Frisée qui l'attendait assise au seuil de la maison en mâchonnant une herbe. Il ranima le feu, mit dessus le chaudron, l'emplit de poissons frais et parfuma le tout de poudre de piment.

– Seigneur, le beau dîner ! chantonna sa compagne en humant le fumet.

– Femme, voilà pour toi, répondit sèchement Bâton-d'Homme-à-Bout-Rond.

Il lui tendit un bol où trônait un caillou parmi des grains de poivre. Elle renifla, gronda, éternua trois fois, puis se torcha le nez et furieuse bondit, le front bas, sur son homme.

La bataille fut âpre et longtemps indécise. Bâton-d'Homme-à-Bout-Rond, roulant de cendres chaudes en poissons répandus, un instant chevaucha le corps époustouflé de Caverne-Frisée. D'un maître coup de tête il la cloua dans l'herbe et se mit à fouailler ses en-dedans obscurs. Elle gémit, éperdue :

– Je suis blessée ! Je meurs ! Sors de moi ! Non, reviens ! Va-t'en ! Oh, pas si vite !

Bâton-d'Homme-à-Bout-Rond gronda férocement. Elle se ferma sur lui, eut un sursaut rageur.

– Je veux mourir, dit-elle, et je veux que tu meures.

Ils entrèrent d'un même cri dans la mort délicieuse et brève, d'un même souffle renaquirent, reprirent lumière et vigueur et s'en retournèrent au combat.

Depuis ce temps la guerre dure. Bâton-d'Homme-à-Bout-Rond vaincu par sa victoire et Caverne-Frisée invincible et défaite ensemble défient l'infini où les attend la paix patiente au pied d'un lit sans bord ni fond.

Le chasseur et le python

C'était un grand chasseur. Son œil était agile et son arc infaillible. Un jour, dans la forêt, comme il allait sans bruit, il parvint à l'orée d'une clairière ronde et là fit halte, circonspect. Dans le soleil mouvant qui éblouissait l'herbe était un gros python mollement enroulé sur une bête morte.

– Salut, chasseur, dit le serpent.

– Salut, chasseur, répondit l'homme.

– Veux-tu m'aider, dit le serpent, à dépouiller cette antilope ?

L'homme hocha bravement la tête. Il sortit son couteau de fer. La besogne fut bientôt faite.

– Merci, chasseur, dit le serpent. Veux-tu connaître ma demeure ? Viens, tu seras mon invité.

– La paix sur nous ! Va, je te suis.

Ils s'en furent sous les grands arbres, traînant leur gibier dépecé.

Ils arrivèrent au bord d'un lac. Des oiseaux lourds planaient autour, des algues bougeaient sur l'eau noire. La peur poigna le cœur de l'homme. Fièrement, il n'en montra rien.

– Chasseur, ton courage me plaît, dit le python. Plongeons ensemble.

L'homme ferma les yeux et se laissa tomber dans les ténèbres froides. Quand à nouveau il regarda, il était dans une maison. Elle était belle, vaste, riche. Des domestiques s'affairaient dans des salles de marbre vert, des jeunes femmes traversaient la lueur dorée des fenêtres. L'une d'elles émut le chasseur. C'était la fille du python. « J'aimerais qu'elle me verse à boire, pensa-t-il, le cœur remué. Quand elle se pencherait vers moi, je respirerais son haleine. »

– Patience, lui dit le python. Elle est allée puiser l'eau fraîche.

Le chasseur s'étonna et fronça les sourcils. « Ce serpent, se dit-il, entend-il mes pensées ? » Bouche close, il se dit encore : « J'espère bien qu'il m'offrira un gigot de notre antilope. »

– Évidemment, dit le python. Je ne te ferai pas l'injure de te servir un bas morceau. Voici ma fille. Installe-toi.

L'homme s'assit. On le servit. Il fut honoré comme un frère. Il but, mangea, puis rotant d'aise se leva pour prendre congé. La fille lui baisa la main. « Toi, pensa-t-il, si j'osais dire, je t'inviterais bien à coucher dans mon lit. » Le serpent répondit à son désir muet :

– Passe la nuit chez nous, elle t'offrira le sien !

Tous rirent. La journée fut aimable et joyeuse. A la nuit le chasseur se coucha sur la fille dans une chambre nue au plafond étoilé.

Le lendemain matin il se leva content, quoiqu'un peu fatigué. Le serpent l'accueillit dans la salle à manger.

– Es-tu heureux, mon fils ?

– Maître, répondit l'homme, il manque à mon bonheur un rien, une lumière. Ce pouvoir que tu as d'entendre les pensées me plaît plus que tout autre. J'aimerais en jouir.

Le serpent prit dans son habit une bulle d'or minuscule.

– Fils, voici mon dernier cadeau. Dans cet objet scellé sont trois gouttes de sang mêlées d'un souffle de ma gorge. Rentre chez toi, ouvre la bouche et vide-les entre tes dents. Ainsi tu percevras les désirs silencieux.

L'homme sortit du lac sur le coup de midi. Il s'en revint chez lui, il s'enferma dedans, il se déshabilla, se parfuma les membres, puis il prit dans son sac la capsule magique. Il l'ouvrit, la flaira. Pour la première fois de sa vie, il trembla. Il tira droit la langue. Un rayon de soleil tombé de la lucarne un instant l'éblouit. Il recula d'un pas. Une goutte tomba sur la terre battue, une autre éclaboussa sa ceinture défaite, la troisième roula jusqu'au bout de sa verge et là s'évapora.

Ce chasseur eut des fils. Ils furent nos ancêtres. Seul leur sexe arrosé hérita du pouvoir offert par le python. Depuis, quand vient à l'homme une fille ondulante, qui donc entend l'appel muet de son désir ? Qui se dresse et s'agite entre jambes et nombril ? Le cœur est ignorant et l'esprit vagabond, mais rien ne peut distraire un dard de ce que dit un silence de femme.

La fille qui avait perdu son affaire

Il était une fois un garçon, une fille. Elle jouait les coquettes. Il était amoureux. Tous les soirs, à la nuit tombée, à l'heure où les mots et les gestes s'alanguissaient dans le village ils parlaient ensemble en secret, à l'ombre tiède d'un vieux mur. Seuls les oiseaux les entendaient, perchés au-dessus d'eux, le bec dans le ciel rouge.

– Viens dormir avec moi, murmurait le garçon.

La fille roucoulait :

– Tu m'aimes ?

– Comment faut-il te le prouver ? répondait-il, la voix fiévreuse.

Elle fuyait en riant. Il retournait chez lui, le pas traînard, la tête basse.

Un soir de lune pleine elle le regarda droit et lui dit, l'œil moqueur :

– Que ferais-tu pour moi ?

– Parle et tu le sauras.

– Demain, va au marché. Baisse ton pantalon au milieu de la place, accroupis-toi cul nu entre deux étalages et chie aux yeux de tous.

– Si c'est là le prix à payer pour t'aimer de cœur et de ventre, je le ferai, répondit-il.

Le lendemain, au crépuscule :

– J'ai fait, dit-il.

– Je sais, dit-elle. Tout le village rit de toi.

– Viens dormir avec moi, dit-il.

La fille répondit :

– Coucher avec quelqu'un qui chie devant le monde ? M'as-tu bien regardée ? Je ne veux plus te voir !

Elle s'en fut en roulant des hanches. Au loin, un corbeau croassa. Le garçon, les mains sur la face, se laissa tomber à genoux. A minuit, il revint chez lui le long des maisons endormies. Au matin il prit son bâton, mit son sac à l'épaule et quitta le pays.

Il marcha longtemps vers le nord. Dans un village au bord d'un fleuve un sorcier l'invita à partager son pain. Cet homme était puissant et sage. Il vit que le cœur de son hôte était aussi tendre que fier. Il fit de lui son apprenti. Trois ans le garçon fut instruit par ce vieillard aux gestes simples. Trois ans il demeura muet. Il écouta, mangea, dormit sans qu'un mot franchisse ses lèvres. Un soir le vieux lui dit :

– Qui t'a conduit ici ?

Le garçon répondit :

– La honte.

Il lui raconta son malheur.

– C'est tout ? dit le sorcier en lui servant la soupe. Il n'y a pas là de quoi se dévorer les sangs.

Sur l'étagère il prit deux sachets de magie. Il les posa devant les pieds nus du jeune homme.

– Mon fils, reviens chez toi. Ce que contient ce sac près de tes orteils droits, répands-le au bord de la mare où les femmes emplissent leurs pots. Celui-là, près des orteils gauches, je ne te dirai pas qu'en faire. Tu sauras, ou ne sauras pas.

Le garçon, dès l'aube prochaine, embrassa son maître et partit.

Quand il parvint dans son village la lune caressait les toits. Près du chemin qui mène à l'eau il dispersa la poudre blanche du premier sachet de magie. Un arbre était là, sur la rive. Il grimpa dans ses hautes branches et s'y fit un abri discret.

Le lendemain partout dans l'herbe étaient des plants de haricots. Leurs gousses luisaient, innombrables. Les femmes qui allaient à l'eau posèrent leur cruche à côté et s'émerveillant à grand bruit firent cueillette de légumes. Celle que le garçon guettait vint la dernière, raide et vive. Dans l'ombre de l'arbre elle fit halte, mille questions dans ses yeux noirs. La bouche ouverte elle contempla le potager miraculeux. Un éclair traversa le crâne du jeune homme. Il sourit et vida le deuxième sachet sur les épaules de la fille.

Il la vit aussitôt s'empoigner l'entrecuisse. Son affaire touffue par où se fait l'amour venait de tomber de sa robe, et comme une bête maligne enfin libérée de prison s'en allait trottinant parmi les haricots. La fille lui cria :

– Veux-tu venir ici !

Autant appeler la grenouille bondissant sur les nénuphars. La fille épouvantée brailla tant et si fort que sa mère accourut. A peine dans l'ombre de l'arbre elle aussi, effarée, regarda son barbu lui tomber aux sandales et courir çà et là, dans la verdure drue. Le père vint, son arc au poing, croyant à un viol de barbares. Il resta un moment pantois à contempler sans rien comprendre son doigt sans ongle s'en aller, fièrement planté sur ses couilles. Il se mit à s'égosiller, trottant, les mains tendues au braquemart véloce.

Le village alerté fut bientôt assemblé dans l'ombre bleue de l'arbre.

– C'est étrange, dit l'un.

– C'est prodigieux, dit l'autre. Quelqu'un, assurément, leur a jeté un sort.

– Sans doute, dit un vieux. Cette fille a fait honte à un garçon d'ici. L'avez-vous oublié ? Il a dû s'exiler, il y a bientôt quatre ans. Sa vengeance est tardive autant qu'originale.

On entendit du bruit, là-haut, dans le feuillage. Chacun leva le front. Le garçon descendit, posément, branche à branche. On l'accueillit avec un respect étonné.

Tous vinrent autour de lui.

– Tu devrais t'excuser, dit le père à sa fille, tandis que folâtrait son fifre autour de lui.

Elle s'inclina devant son amoureux perdu et bafouilla :

– Pardon.

– Le chieur de marché veut bien passer l'éponge, répondit le garçon avec solennité.

Chaque sexe aussitôt s'en revint à son nid.

– J'aimerais bien coucher avec toi cette nuit, dit la fille, penaude.

– Nous verrons, nous verrons, dit le nouveau sorcier en tapotant sa joue.

Il tourna les talons et s'en revint chez lui, escorté par la foule.

Il ne faut pas céder aux caprices des femmes. A trop les laisser faire, elles dîneraient bientôt sur le crâne de Dieu !

La femme, la chienne et le dard

Un conte vient, il veut parler.
Il est plus vrai que ta main droite
Ne le laisse pas s'envoler.
Offre-lui du lait et des dattes !

Cette femme était malheureuse. Son homme tous les soirs lui mangeait sur le dos, puis il la bastonnait, la baisait sans amour et s'endormait sur elle. Un matin elle s'en fut chercher fortune ailleurs.

Elle erra de longs jours. Elle rencontra le vent, il la déshabilla. Elle rencontra l'orage, il lui meurtrit le ventre. Elle sentit un enfant bouger dans ses dedans. Encore elle chemina, les mains sur le nombril. La brousse était déserte. Entre deux éclairs bleus elle entendit au loin un chien qui hululait. Une hutte sortit d'un lambeau de nuée parmi les hautes herbes. Elle se mit à courir. De l'épaule elle poussa la porte vermoulue. Elle s'affala dedans, sur la terre battue. Elle s'essuya les yeux, puis releva la tête. Alors elle recula jusqu'au mur, et gémit.

Dans la pénombre humide une chienne au poil noir se tenait immobile auprès d'un sexe d'homme. L'outil était vivant, charnu, voûté à peine et fermement planté sur ses boules velues. Le gland dodelina. La chienne se pencha vers lui, l'oreille droite, se redressa et dit :

– Mon compagnon le dard te souhaite le bonjour.

– Dis-lui pour moi merci, lui répondit la femme.

Les sanglots l'étranglaient. Le mur lui éraflait le dos, les poings, les hanches. Le pieu joufflu bougea encore. La bête à son côté à nouveau se pencha.

– Mon compagnon le dard veut savoir d'où tu viens, dit-elle, l'air austère.

– Mon mari me battait, j'ai fui notre maison. J'ai marché droit devant, peut-être pour mourir, peut-être pour survivre.

– Vagabonder ainsi, gronda la chienne noire, avec ton ventre gros d'une nouvelle vie !

La femme répondit, les mains sur la figure :

– J'ai fait comme j'ai pu.

Devant elle à trois pas la verge se tendit jusqu'à presque baiser l'oreille de la chienne. Elle parla longuement, en silence parfait. Après quoi l'animal se redressa et dit :

– Mon compagnon le dard t'accueille et te bénit parce que tu vas bientôt mettre un enfant au monde. Nous avons là un lit où tu accoucheras, puis tu retourneras d'où tu viens, chez ton homme.

– Je ne reverrai plus ni lune ni soleil, cria l'épouvantée. Vous êtes des démons, toi la chienne qui parle et toi, le dard vivant !

La bête répondit :

– Qu'il soit dard ou démon, ce n'est pas ton affaire. Il vit. Tu veux la vie. Il te la donnera.

– J'ai faim, gémit la femme.

– Allume donc le feu et prépare à manger.

Sur la pierre de l'âtre était un grain de riz. Elle le prit, demanda où se trouvaient les autres.

– Confiance, dit la chienne.

La femme fit bouillir une marmite d'eau, jeta le grain

dedans en haussant les épaules. Le riz fut aussitôt en telle profusion qu'il déborda sur les tisons. Elle en emplit trois calebasses. Elle se pourlécha d'une, assise dans un coin. La bête dégusta tranquillement la sienne. Le dard courba son gland et aspira d'un coup son déjeuner fumant.

Le lendemain matin, la perdue empoigna son ventre en gémissant. Une vieille à l'instant parut près de son lit. Elle caressa son front, aida l'enfant à naître et le mit à dormir dans un berceau de foin. Elle demeura huit jours, prit soin du nouveau-né et veilla sur la mère. Un soir elle s'en alla, et la chienne revint avec l'aube prochaine.

– Tu nous quittes aujourd'hui, dit-elle. Lave-toi.

– Ma maison est ici, répondit l'accouchée. Permettez-moi d'y vivre.

Le dard parut parler à la bête attentive. Après un long silence elle dit, hochant le front :

– C'est à toi maintenant d'avoir pitié de nous. Je t'accompagnerai. Viens là, devant la porte.

Tous trois sortirent ensemble.

Sous le soleil nouveau étaient quatre chariots chargés de provisions, de fruits, de pagnes fins, de parures dorées. Un buffle blanc était à chacun attelé. La chienne se changea en homme bien vêtu et désigna la route. La mère et son enfant suivirent le cortège. Au crépuscule rouge ils parvinrent au village. Le mari vint à eux au travers de la cour.

– Ta femme est de retour, lui dit sévèrement le meneur de merveilles. Elle est venue chez nous lourde d'un fils nouveau. Nous l'avons accueillie. Nous l'avons accouchée. Sache que désormais les démons la protègent. Dieu l'a voulu ainsi. Sois juste, et tu vivras. Sois fou, et je viendrai te brûler les sandales.

Sans autre mot il s'en alla. Une chienne au poil noir disparut dans la nuit.

Le conte a parlé, il se tait.
Qu'a-t-il dit ? Demande à ton âme.
Dieu est venu, puis remonté.
Bonne nuit les hommes, les femmes !

Comment fut épousée Belle-comme-un-Lys-Noir

C'était un chef puissant. Il avait baptisé sa fille bien-aimée Belle-comme-un-Lys-Noir. Quand il la regardait, ses yeux s'ensoleillaient. Qu'un rideau les sépare, et son air s'embrumait. Vint la saison inévitable où il fallut la marier.

– Je veux un homme fort, dit-il à ses ministres. Je veux qu'il soit subtil et que son pieu d'amour soit le plus fort du monde. Je le veux invincible, infatigable au point d'époustoufler la lune et son troupeau d'étoiles. J'ai beaucoup réfléchi. J'ai décidé ceci : je donnerai ma fille à celui qui saura, d'un coup bien asséné de sa trompe à jouir, trancher les sept fruits mûrs que la brise balance au sommet du palmier le plus haut de ma cour.

La rumeur envahit la ville et l'alentour. Chacun hocha la tête et contempla son ventre. Aucun n'osa grimper à l'arbre désigné.

Un jour vint un errant. Il apprit la nouvelle. Il s'en fut chez le roi.

– Seigneur de la contrée, j'épouserai demain Belle-comme-un-Lys-Noir.

Il était maigrichon mais fiérot comme un coq. On se poussa du coude, on le montra du doigt, on se moqua de lui.

– Hé, chandelle d'oiseau, hé, petit doigt crochu, prends garde que là-haut le vent ne te décroche !

– Demain, lui dit le roi, tu grimperas à l'arbre. Tranche les fruits d'un coup de dard et je tiendrai parole. Sinon, ne descends pas, monte plutôt tout droit chez notre Créateur ! Car aussi vrai que je suis père, si tu remets le pied par terre, tu auras la tête tranchée.

Il rit abondamment. L'homme le salua et tourna les talons.

C'était un fin renard. Il attendit le soir. Quand le soleil au fond de l'ouest eut coiffé son bonnet de nuit il se glissa sans bruit ni honte dans un poulailler bien pourvu, égorgea une poule naine, vida son sang dans une fiole et s'en fut sous la lune pleine au palmier de la cour du roi. Il y grimpa, trancha les fruits, puis à la branche il les lia d'un fil menu de sa chemise. Après quoi il redescendit et s'en alla dormir dans la poussière tiède, à l'ombre d'un vieux mur, la nuque sur son sac et les mains sur le ventre.

Le lendemain de bon matin le peuple vint autour de l'arbre. Le roi y fit porter sa chaise. On attendit le vagabond. Il arriva, bâillant encore, traînant ses savates éculées. Devant le palmier il fit halte. Chacun, bouche bée, regarda.

– Fais vite, dit le roi. Mon déjeuner m'attend. Crains que je m'impatiente.

L'homme embrassa le tronc et se mit à grimper. A la cime il ouvrit chemise et pantalon, brandit son cierge de chair fraîche et sortit à la dérobée son flacon de sang de poulet. Il abattit le tout, dans un rugissement, sur le fil qui tenait à peine la grosse grappe de fruits mûrs. Elle tomba sans façon, dégoulinant de rouge.

– Ahi, ma queue ! Ahi, ma flamberge enflammée ! cria l'homme, là-haut.

– Seigneur, quel coup ! Il s'est blessé ! dit l'un, en bas, le nez aux anges.

– C’est un héros, dit l’autre. Il ne craint pas le mal.

– Celui qui sait souffrir mérite qu’on l’honore, dit un vieillard courbé, l’index devant le nez.

– Hé, la fille du roi a trouvé un mari, roucoula une femme.

On fit huit jours la noce. Le roi en fut chagrin, mais ne put que manger les fruits tombés de l’arbre en pleurant dans son col. Le vagabond reprit sa route avec Belle-comme-un-Lys-Noir.

A la première halte au bord du fleuve bleu les nouveaux mariés firent l’amour dans l’herbe. Ce fut tendre, joyeux, simple comme un matin. Ils jouirent trois fois, puis l’homme s’étira et dit à sa compagne :

– Va donc chercher de l’eau.

Elle rit, elle s’étonna.

– Je n’ai ni pot ni cruche !

– Entre tes belles jambes est une calebasse. Je la connais, j’en sors. Emplis-la, et reviens.

– Homme, comment puiser avec mon trou barbu ? Misère de mes os, cria-t-elle, éplorée, mon mari déraisonne !

– Pas plus que ce vieux roi qui voulut pour sa fille un époux affligé d’un dard en dents de scie. L’amour est plus puissant que l’épée des bas-ventres. Il m’a vaincu. Je t’aime.

Elle lui ouvrit les bras.

– Oh, sage le plus fou des fous de ce pays ! dit-elle, extasiée.

Ensemble ils s’en allèrent. A l’heure où je me tais, les fils de leurs enfants courent encore le monde.

Grenouillard, Chat et Belle-Poule

Ils étaient trois vagabonds, Grenouillard, Chat, Belle-Poule. Ils allèrent au bout du monde, ils revinrent, enfin s'assirent entre les pattes de Dieu.

– Construisons une maison, dit aux autres Belle-Poule.

– A quoi bon ? dit Grenouillard. Je déteste les plafonds.

– Je n'aime que les fenêtres. J'envie les oiseaux, dit Chat. Et de plus, j'ai faim de toi. Je crois que mes griffes t'aiment. Bâtis ta maison sans moi.

En rondins, feuillage et branches elle fit seule son abri.

Vinrent le tonnerre et l'averse.

– Belle-Poule, ahi, c'est moi ! cria Grenouillard, dehors. Ouvre vite, je me noie !

– Fou perdu, gobeur d'étoiles, tu salirais mes tapis !

– Mille millions de libellules ! brailla l'autre. J'appelle Chat. Tu l'as entendu tantôt. Il aime les belles poules. Il te dévorera crue !

– Moins fort, Grenouillard, moins fort ! Yayay, s'il se réveillait ! J'ouvre. Entre, viens au chaud.

Grenouillard entra, s'ébroua, regarda à droite, à gauche, vint au lit, palpa la couette et dit en roulant des yeux :

– Je peux me coucher dedans ?

– Quel toupet ! glapit Belle-Poule. Ce lit est le mien, j'y dors seule !

– Très bien, j'appelle Chat. Tout à l'heure il m'a dit qu'il pensait fort à toi. Il salivait d'avance. Il va être content.

– Allons, je plaisantais, bafouilla Belle-Poule.

Tremblante, elle s'affaira, jeta par la fenêtre un coup d'œil circonspect, tapota l'édredon.

– Couche-toi. Es-tu bien ? Veux-tu que je te borde ?

– Mignonne, approche donc, répondit Grenouillard, les paupières mi-closes. Oh, j'aimerais beaucoup toucher cet endroit chaud entre tes cuisses rondes.

– Le monstre ! Le bandit ! L'impudique baveux ! Le puant animal !

Elle faillit s'étrangler, inspira bruyamment.

– J'héberge sous mon toit un obsédé sauvage ! Un brigand vient chez moi sans y être invité, et il exige, en plus, de me palper l'intime ! En quel monde perdu, Seigneur Dieu, vivons-nous ?

Grenouillard se dressa, entrouvrit la lucarne et cria :

– Chat, viens donc ! Belle-Poule t'attend, elle veut bien te servir sa carcasse à dîner !

– Pas si fort, malheureux ! S'il t'entend, je suis morte !

Elle se ratatina, fit trois signes de croix, puis s'offrant en martyre à l'envie grenouillarde :

– Allons, pour cette fois, d'accord, je condescends. Touche, mais en silence.

Grenouillard caressa, il titilla, fouilla, chatouilla, haleta. Enfin il demanda :

– Puis-je enfoncer mon truc dans ton trou, Belle-Poule ?

– Alors là, je dis halte. On touche, mais pas plus. Où irait-on, Seigneur, si je n'y prenais garde ?

– Chat, hurla Grenouillard, Belle-Poule est à point ! Viens, j'allume le feu, tu rongeras les os, je garderai les plumes !

Elle lui tomba dessus, mit la main sur sa bouche.

– Enfonce si tu veux mais tais-toi, bête brute ! Ce diable

ameuterait le tour et l'alentour ! Hé, quand on fait ces choses, il faut être discret !

Elle lui prit l'aiguillon et le mit elle-même où il voulait aller.

– Voilà. Es-tu content ? Va, c'est bien. Va plus fort. Ma parole, il me baise ! Oh qu'il fait bien, le bougre ! Encore, encore, encore !

– Suffit, je suis repu. Trop aimer est amer, soupira Grenouillard au bout de la nuit blanche.

– Reviens au lit, mon beau, roucoula Belle-Poule. Trop aimer n'est jamais assez !

Ainsi sont faits les hommes, ainsi faites les femmes. Je te veux, tu t'enfuis. Je te tiens, qui est pris ?

La fille qui cherchait un os

Il était une fois un géant paresseux comme un hippopotame. Un jour, il hérita d'un champ de haricots. Il se coucha au bord. Il dormit cent journées à l'ombre de cent arbres. Quand vint la cent unième il alla traînailler au village voisin. Il rameuta les filles.

– Ma terre est triste et tendre, elle a besoin de vous, venez la travailler ! Pour un jour de labour, une cuisse d'agneau !

C'était un bon salaire. Elles le suivirent toutes.

Chacune, au soir venu, fit rôtir son gigot. Il en fut une parmi elles qui dévora la viande et l'os. Un chien lui aboya derrière. Il voulait sa part de dîner. Elle le chassa. Il la suivit.

– Va-t'en ! cria la fille en agitant les mains.

– Où tu iras j'irai, lui répondit le chien.

– Que veux-tu donc, mauvaise bête ?

– L'os dur où s'enroule la chair.

– Si c'est tout ce qu'il faut pour te voir disparaître, attends-moi, tu l'auras.

Une chèvre broutait dans la prairie voisine. La fille s'y rendit.

– Donne-moi un chevreau, s'il te plaît bonne mère, j'ai besoin de ses os.

– Volontiers, répondit la chèvre, mais vois comme mon herbe est chétive et pierreuse. Apporte-moi d'abord quelques feuillages gras.

Sous le soleil d'aplomb était un arbre haut. Elle courut jusqu'à lui.

– La chèvre veut goûter de ta belle verdure. Arbre, sois généreux, emplis mes bras ouverts !

– Vois mes branches, elles sont vides. Va demander à Dieu un gros orage frais. Quand j'aurai reverdi, tu auras de mes feuilles.

Elle s'en fut trouver Dieu dans sa caverne bleue.

– Seigneur, tout dépérit. Ta fille te supplie d'arroser ton jardin !

– Le tam-tam seul a le pouvoir d'assembler au ciel les nuages. Fais en sorte qu'il batte, et la pluie tombera.

La fille revint au village.

– Au travail, batteur de tam-tam, joue pour moi le chant de l'averse !

– Je ne peux pas, le cœur me manque. J'aime ta cadette. Elle me fuit.

– Ma sœur, ma sœur ! cria la fille trottant à sa hutte pointue.

– Je ne m'offrirai corps et cœur que sur un cheval au col noir, lui répondit la désirée.

La fille chercha jusqu'au soir. Entre la lune et le soleil apparut le bel étalon. Il s'abreuvait à la rivière. Elle caressa son encolure.

– Viens porter ma sœur à l'amour.

Il lui dit, le mufle dans l'eau :

– Je te suivrai où tu voudras si tu trouves un poulet sans plumes à me mettre sous le sabot.

A la nuit dans une ruelle elle vit une volaille chauve qui picorait un seuil obscur. Elle entra, découvrit un homme occupé à manger sa soupe.

– Vois, je n'ai rien à te donner. Et pourtant, homme, s'il te plaît, je veux ta poule aux ailes maigres.

– Si tu fais l'amour avec moi, demain à l'aube tu l'auras.

La fille se déshabilla, se coucha au fond de la case, ouvrit les bras, ouvrit les jambes, accueillit l'homme dans son ventre, le fit jouir, jouit aussi. Au matin ils se désunirent.

– Que tu reviennes ou non, dit l'homme, sois bénie. Prends ce que tu veux.

Elle s'en fut avec le poulet. Le cheval fut chez la cadette, la cadette chez le batteur, le tam-tam gonfla les nuages, Dieu les ouvrit, la pluie tomba, aussitôt l'arbre reverdit, la chèvre dévora les feuilles, offrit à la fille un chevreau. Le chien eut son os de gigot.

Il est tard, mon conte a sommeil. Que dans l'oreille il dorme bien, que dans la bouche il se réveille comme un soleil au matin neuf.

Le jeune homme aux trois amours

Ils étaient trois garçons au cœur éblouissant. Leurs yeux riaient toujours, leur poitrine était large et leurs cuisses luisaient comme le marbre noir. Un matin vert et bleu dans le soleil content ensemble ils s'en allèrent à la maison du roi. Le premier dit :

– Seigneur, prête-moi ton cheval. Laisse-moi sur son dos aller et revenir. Quand j'aurai fait cela, ma vie sera semblable à une coupe pleine à ras bord d'alcool fort. Tu pourras me tuer.

On mena devant lui la monture royale. Il bondit sur la selle, éperonna les flancs, il alla, il revint, posa la botte à terre. Un sabre s'abattit sur sa tête penchée. Le roi croqua deux noix.

– Toi, que veux-tu ? dit-il au deuxième garçon.

– Seigneur, je veux dîner de l'agneau le plus doux qui soit dans ton enclos. Quand j'aurai fait cela, mon corps sera repu comme un coffre de riche. Tu pourras me tuer.

Il fut bientôt servi sur une nappe blanche. Il mangea, s'essuya les joues et le menton, se leva et sourit. Un sabre lui perça le cœur et l'omoplate. Alors devant le roi s'approcha le troisième.

– Seigneur, j'aime ta fille. Il faut que cette nuit je couche dans son lit. Quand j'aurai fait cela, je serai parvenu au seuil du paradis. Tu pourras me tuer.

Le garçon fut conduit dans une chambre rouge. La princesse était nue au bord d'un lit profond. De la bouche au nombril il fit aller ses lèvres, il l'ouvrit, la baisa, la fit cinq fois jouir. Comme les rossignols chantaient dans l'aube pâle :

– J'entends venir mon père ! Oh, mon amant parfait, sauve-toi ! lui dit-elle.

Elle ouvrit la fenêtre. Il s'en alla pieds nus dans les herbes mouillées.

Vers l'heure de midi son chemin s'embourba au bord d'un vaste fleuve. Il vit là, sur un roc, une fille et sa mère. Elles pleuraient dans leurs mains, contemplaient l'autre rive et sanglotaient encore. En hoquetant elles dirent au jeune homme étonné :

– Hé, comment traverser sans perdre pieds et bras parmi les crocodiles et les hippopotames ?

Le garçon se pencha sur son reflet dans l'eau.

– Grand fleuve, cria-t-il, quel prix pour une barque et deux rames tranchantes ?

Le fleuve répondit :

– Garçon, bien peu de chose. Une vie, rien de plus.

La fille s'approcha, prit la main du jeune homme et dit à voix menue :

– Allons dans les buissons.

En hâte elle l'entraîna vers des pénombres tièdes. Elle ôta sa chemise. Elle lui dit :

– Baise-moi. Ta figure me plaît, ton corps sent la réglisse et ton bâton charnu échauffe mes dedans.

Leur plaisir fit lever un vol de tourterelles. Comme elle se rhabillait :

– Quel bel amant tu es ! Offrons ma mère au fleuve et traversons ces eaux. Où tu iras j'irai. Je serai ta servante.

Quand ils revinrent au bord la vieille s'enfonçait déjà dans le courant en pleurant et criant adieu aux oiseaux blancs. Une pirogue vint. Elle s'échoua dans l'herbe. Ils sautèrent dedans. Elle les mena bientôt sur la rive lointaine.

Comme les feux du soir montaient au fond de l'ouest, un village apparut parmi les baobabs. Le chef les accueillit. Il était vieux et gros. Il n'avait qu'une dent plantée sur le devant mais dans ses yeux brillaient deux lunes malicieuses. Il tendit au jeune homme une cuisse de bœuf et lui dit :

– Voyageur, je suis à bout de vie. Je mourrai volontiers, mais il me faut d'abord assurer l'avenir. Vois-tu ces trois chaudrons ? Je donnerai mes biens, mes pouvoirs et ma fille à qui devinera quels objets sont cachés dans leur ventre de fer.

Le garçon répondit :

– Demain, si Dieu le veut, je tenterai ma chance.

Il mangea tout son saoul et sortit au jardin saluer les étoiles. La fille aînée du chef vint s'asseoir près de lui. Elle dit, les yeux au ciel :

– La nuit est belle aussi sous le drap de mon lit.

Ils s'accolèrent au soir, se décollèrent à l'aube. Elle soupira. Elle dit :

– Mon amant valeureux, tu seras aujourd'hui le roi de ce village. Dans le premier chaudron sont trois de mes cheveux, dans le deuxième sont trois brins de barbe blanche, dans le troisième enfin mon vieux père a caché trois vénérables poils du ventre de ma mère. Oh, baisons-nous encore avant que le soleil traverse les rideaux !

– Sept ans ! lui dit le chef, assis sur son estrade, tandis que l'assemblée entonnait des vivats. Sept ans durant, mon fils, ces chaudrons sont restés aussi muets que Dieu. A toi ils ont parlé. Sois béni. Prends ma place.

Il lui donna son sceptre et son chapeau de perles. Alors parmi la foule un Esprit s'approcha. Seul le garçon le vit. Il était transparent, mais sa mine était rude.

– Tout au long du chemin je t'ai tenu la main jusqu'à cette fortune où tu es aujourd'hui, dit-il à voix feuillue parmi les branches basses. Te voilà parvenu au sommet de ta vie. Que me donneras-tu pour ton avènement ?

– Ce que j'ai t'appartient. Prends ce que tu désires, ô vieux père impalpable !

– Garçon, de tes deux femmes j'emporterai ce soir au fond du bois sacré celle qui t'a aimé plus qu'elle n'aima sa mère. Elle aura des enfants invisibles et puissants. Ils aideront tes fils, plus tard, sur d'autres routes.

Il dit, et disparut dans un cri d'oiseau noir. Mon conte l'a suivi. S'il s'est posé chez toi, bénis le coup de vent qui ouvrit la fenêtre.

Qui ?

Un garçon et son amie se promenaient sur la rive. Leurs cœurs battaient en secret. Mille soleils amoureux jouaient avec l'eau du fleuve. Le garçon ne disait rien, la fille guettait des anges entre la terre et le ciel. Passant le long des roseaux il brisa un rameau vert, l'aiguisa du bout de l'ongle.

– Qu'en feras-tu ? lui dit-elle.

Le garçon, d'un coup menu, lui piqua la fesse gauche. Elle poussa un cri d'oiseau, se laissa tomber dans l'herbe.

– Viens, dit-elle. Baise-moi.

Qui eut envie le premier ? Qui des deux désira l'autre ? Lui sur elle, elle sur lui, qui fut roi, qui fut mendiant ?

Tu poses trop de questions. Du pieu raide ou de la grotte, qui t'a fait comme tu es ?

Les parents du cœur du monde

Le Père un jour pétrit la Terre. Il y enfouit un couple humain. Ces deux vécurent donc au cœur secret du monde, ignorant les soleils, les arbres, les étoiles, le bleu de l'air, les monts. Chacun était pour l'autre un miroir captivant. Ils se sentaient semblables.

Or un matin obscur, comme ils se bousculaient près d'une source noire, leurs tempes se cognèrent.

– Tu m'as fait mal, dit l'homme.

– J'ai soif, écarte-toi, lui répondit la femme.

Elle joua des épaules. Il la prit aux cheveux. Elle lui griffa la face. Il gronda, la gifla. Elle en fut renversée. La corde qui ceignait sa taille se défit, son vêtement s'ouvrit. Il vit ses cuisses nues, son triangle velu, sa fente. Il s'étonna. Sa femme n'avait rien à l'endroit où soudain lui-même se sentait des remuements étranges. Il se pencha sur elle, il renifla, palpa, puis enfonça le doigt et dit :

– C'est chaud. C'est doux.

– C'est bon, répondit-elle.

Elle le toucha aussi. Il murmura, ému :

– Oh, là où va ta main une corne me vient. Sens-tu comme elle est dure ?

– Elle palpite. Un cœur bat en elle. Elle est vivante.

Leurs souffles se mêlèrent. Ils restèrent huit jours l'un dans l'autre, à jouir.

Après neuf mois passés quatre filles naquirent. Après neuf mois de plus ce furent quatre fils. Tous les ans quatre enfants sortirent de leur mère et peuplèrent la grotte au centre de la Terre. Ils s'effleurèrent à peine au hasard des ténèbres. Ils ne se virent pas, ne se connurent pas. Quand elles furent cinquante, les filles s'en allèrent ensemble, vers le nord, et les cinquante fils armés de couteaux droits mirent le cap à l'est.

Sept ans sous les rochers les filles cheminèrent. Un jour, au-dessus d'elles, elles virent un pan de ciel. Elles grimpèrent le long d'une cheminée grise, elles sortirent au soleil, elles ouvrirent les bras, elles respirèrent l'air qui traversait les arbres. Les fils dans l'ombre épaisse errèrent, le dos courbe. Après sept ans ils virent une lumière bleue au fin fond d'un tunnel. Ils coururent. Un vent frais leur baigna le visage. Ils arrivèrent au bord d'une falaise abrupte. Ils restèrent longtemps, épaule contre épaule, à contempler des brumes aux beautés infinies.

Ils reprirent leur marche. Ils parvinrent un matin sur la rive d'un fleuve. Sur l'autre rive étaient des êtres faits comme eux : les filles. Ils leur crièrent :

– Approchez-vous du bord, nous vous voyons à peine !

– Nous sommes des humains, répondirent les sœurs, nous sommes nées sous terre. Et vous, qui êtes-vous ?

– Des humains, comme vous ! Nous aimerions savoir qui a créé le monde.

– Nous l'avons demandé aux herbes, aux étoiles, elles nous ont répondu qu'elles étaient nos semblables, savantes comme nous, comme nous ignorantes !

Les garçons dirent au fleuve :

– Comment te traverser ? Pourquoi ne pouvons-nous te marcher sur le dos ?

Le fleuve répondit :

– Je suis l'eau bienfaisante. Aimez-moi, vous saurez. Remontez vers ma source. Un pas vous suffira, enfants, pour me franchir.

– Les filles, suivez-nous ! crièrent les garçons en brandissant leurs armes.

Tous se mirent en chemin, chacun sur son rivage.

Ils parvinrent au torrent, au ruisseau, à la source.

– Il fait chaud, baignons-nous, se dirent les garçons.

Leurs vêtements jetés s'accrochèrent aux buissons. Les filles, effarouchées, s'éloignèrent du bord. Trois revinrent pourtant, attirées par les rires et le désir confus qui échauffait leur ventre. Derrière un roc moussu elles se dissimulèrent.

– Voyez, mes sœurs, dit l'une, ils ont entre les cuisses une chose bizarre.

– Regardez leur poitrine, elle est plate, dit l'autre.

– Oh, comme mon cœur bat, murmura la troisième. Ressentez-vous aussi ce trouble qui me prend ?

Les garçons, ruisselants, s'en revinrent dans l'herbe.

Ils jouèrent. Ils se dirent :

– Entassons des cailloux, bâtissons un village, nous y dormirons mieux qu'à la fraîcheur des nuits !

Ils levèrent le front. Ils dirent aux ormes, aux chênes, aux pins, aux amandiers :

– Donnez-nous s'il vous plaît des branches, des feuillages, nous en avons besoin pour couvrir nos maisons.

Tandis qu'ils s'affairaient, les filles dans le bois risquaient à la lisière un œil intéressé en cueillant çà et là des mûres sur les ronces.

– Que font-ils ? disaient-elles.

– Ils empilent des pierres, ils écorcent des poutres.

– Allons voir de plus près, dirent les trois hardies.

Parmi ceux du village était un mauvais être. Il vivait à l'écart, sans cesse rechigné, griffu comme un rapace et poilu comme un ours. Il vit les délurées se glisser prudemment le long des murs ombreux. Il leur bondit dessus. Elles s'enfuirent en hurlant. Les garçons, les voyant enjamber les buissons, leur coururent derrière. Les sœurs des poursuivies s'en vinrent au bord du bois. Elles se précipitèrent au-devant de la troupe. Le combat fit lever mille oiseaux affolés. Il fut violent et bref. Des habits arrachés jaillirent seins et sexes. Les filles s'abattirent sur le corps des garçons. Elles sentirent aussitôt pousser entre les ventres une chose inconnue, vivante, véhémente. Elles risquèrent la main, et remuant un peu enfoncèrent le membre au plus chaud de leurs cuisses. Elles avaient renversé leurs ennemis dans l'herbe, et qui était vainqueur, et qui était vaincu ? La bataille finit en amour gémissant.

Parmi les filles était une femelle brute. Elle aima le sauvage. Ils s'en furent tous deux vivre dans la forêt. D'eux naquit la tribu des ogres et des ogresses. Nous sommes nés des autres. Qui a créé le monde ? Depuis le fond des temps les herbes, les étoiles nous répondent qu'elles sont nos semblables, nos sœurs, savantes comme nous, comme nous ignorantes.

Le laboureur de sillon mouillé

Ils étaient trois frères vaillants. L'un était maçon, l'autre menuisier, le plus jeune (et le plus futé) laboureur de sillon mouillé. Quand leur père mourut ils fermèrent la porte, ils jetèrent la clé et mirent les chemins du monde sous leurs pieds.

Ils marchèrent quatre journées. Un village leur vint devant. Sur la place était une maison blanche au portail orné de ferrures bleues. Ils s'avancèrent dans la cour. Un homme à l'ombre d'un figuier lisait un grand livre carré. C'était le juge de l'endroit.

– La paix sur vous, seigneur, nous cherchons du travail.

– Le bonjour. Que savez-vous faire ?

– Je suis maçon, dit l'un.

– Moi, je suis menuisier.

– Et moi, dit le cadet, laboureur de sillon mouillé.

Le bonhomme fronça le nez.

– Qu'est-ce donc que ce métier-là ?

– Prenez conseil de votre épouse. Elle saura que faire de moi.

La femme vint. Elle était jeune. Le vieux juge lui prit la main.

– Ma bonne amie, éclaire-moi. De ces trois garçons que tu vois, deux me semblent de bon aloi, mais le troisième m'embarrasse. Il est (à ce qu'il nous affirme) laboureur de sillon mouillé.

– Oh, justement, j'en cherchais un, dit la belle, le rose aux joues. Qu'il vienne à mes appartements, je lui trouverai de l'ouvrage.

Le juge se gratta la barbe, perplexe comme un sourd parmi les rossignols.

– Si tu sais l'employer, dit-il, baisant ses doigts, prends-le donc avec toi et fais-en bon usage.

Le garçon fut logé dans une belle chambre aux fenêtres fermées. Au soir l'épouse vint avec des fruits confits et des tisanes rares. Elle s'assit sur le lit, ils grignotèrent, ils burent. Enfin elle demanda :

– Garçon, cherche et devine. Que vois-tu des secrets que je ne peux pas dire ?

– Sous ta robe est une merveille. Je la cueillerai de bon cœur.

– Au travail, laboureur, dit-elle.

Il la dévêtit, la coucha, lui fit l'amour trois heures pleines. Elle faillit en perdre l'esprit. Elle osa, par plaisir extrême, d'inédites obscénités, galopa jusqu'au bout du monde et revint à bride abattue. Quand tout fut dit, fait et refait :

– Laboureur de sillon mouillé, je t'engage à vie, lui dit-elle.

Il répondit :

– Hélas, madame.

– Reste au moins le temps d'une lune, ô pourvoyeur de souvenirs ! Je te donnerai pour salaire un oiseau qui pond des œufs d'or.

Un mois durant il mit l'épouse à plat ventre, debout, de face, à quatre pattes et tête en bas. Après quoi il dit à ses frères :

– Mon ouvrage vient à son terme. Et vous, le vôtre ?

– Il est fini.

– Eh bien partons. Que Dieu nous guide !

De grand matin ils s'en allèrent.

Ils voyagèrent cinq journées. Ils entrèrent dans un village. Une ruelle ensoleillée les mena jusqu'à la demeure d'un marchand pansu comme une oie. Des domestiques dans la cour brossaient un couple de chevaux. L'homme mangeait des figues sèches à l'ombre bleue d'un olivier.

– Dieu bénisse cette maison. Avez-vous pour nous de l'ouvrage ? Mon grand frère est maçon, mon autre menuisier, et moi, pour vous servir, laboureur de sillon mouillé.

– Je vois, grogna le gros.

C'était façon de dire. Il avait l'air perdu.

– Les dames d'ordinaire apprécient mes talents, ajouta le garçon, le sourire engageant et le clin d'œil complice.

Le marchand opina. Il avait le souci de paraître informé. Il risqua :

– Je comprends.

C'était évidemment toujours façon de dire. Il appela sa femme.

– J'ai là quelqu'un pour toi. Il fait je ne sais quoi, des sortes de labours dans des jardins humides.

– Oh, je vois, dit l'épouse, une lueur dans l'œil.

Sans conteste, elle voyait plus loin que son époux. Elle mena le jeune homme à ses appartements. Elle était à l'âge ambigu où « encore » et « déjà » pèsent le même poids. Elle était avenante, certes, mais son miroir parfois lui donnait du souci. Bref (elle le fit savoir dès la porte fermée) elle n'avait pas de temps à perdre. Rugissante, elle se dévêtit.

Au matin, sur son lit brisé, le corps fumant, le front par terre et les jambes sur l'oreiller :

– Oh, toi, dit-elle à voix mourante, mon laboureur époustouflant, prends ici ce que bon te semble. Rien ne vaudra la nuit des nuits que je viens de vivre avec toi. Que veux-tu ?

Mes chats ? Mon mari ? Mon temps passé ? Mon avenir ? Ma maison et ses vingt servantes ?

– Ce cheval d'or que je vois là me serait un beau souvenir, dit-il en bouclant sa ceinture.

Elle leva un doigt languissant.

– Qu'il en soit selon ton désir. Prends-le, je te l'offre, dit-elle.

Le maçon et le menuisier pour dix sous firent leur ouvrage, après quoi au soleil levant tous trois s'en furent vent devant.

Après six journées de ciel bleu ils parvinrent dans un village aux façades moitié dans l'ombre, moitié au jour éblouissant. Son chef était un vieux soldat aux cicatrices vénérables. Dans son jardin étaient trois arbres penchés sur un puits parfumé. Sa vaste demeure était fraîche. Son épouse l'était aussi. Il accueillit les voyageurs au seuil de la salle à manger.

– Laboureur de sillon mouillé ? dit-il en fronçant les broussailles qui ornaient le haut de ses yeux. Sans doute êtes-vous étranger ?

– Seigneur, répondit le garçon, je ne suis utile qu'aux femmes.

– Oui, c'est bien ce qu'il me semblait. Allez donc consulter la mienne. C'est à gauche au fond du couloir.

Il y fut droit. Ce qu'il y fit, seules le virent deux colombes perchées dans leur cage d'argent. Au matin, le drap sur la tête et les cuisses offertes au soleil :

– Sois béni, pervers magnifique ! Penser à ce feu d'où je sors me fait (Seigneur !) jouir encore. Va, je ne t'oublierai jamais.

Elle était romanesque et pieuse.

– Pour ta peine et pour mon plaisir, voici pour toi, dit-elle encore.

Elle désigna sur le sofa une poupée aux joues dorées.

Dans ses yeux étaient deux diamants et quelques autres au coin du nez, en guise de grains de beauté. Le garçon dit :

– Merci madame.

Il se reposa trois semaines. Après quoi, un beau matin rose, il dit à ses deux frères aînés :

– J'irai seul désormais. Salut !

Après sept journées de grand-route il entra dans une cité aux tours carrées, aux remparts larges, aux longs minarets triomphants dans la lumière de midi, aux souks foisonnants de voleurs, de marchands rusés, d'ânes gris, de commères et d'explorateurs. Une princesse solitaire régnait sur ces lieux opulents. Son mari venait de mourir. Sous les fenêtres de sa chambre était un logement discret. Le garçon le loua pour quelques sous de cuivre.

Au soir venu il empoigna sa vieille galoche d'errant et se mit à battre le mur. Il fit ainsi toute la nuit. Au matin la princesse appela sa servante.

– Je veux savoir quel malotru a osé marteler mes tempes du crépuscule au chant du coq. J'exige des excuses aussi plates que toi. Va vite, Maigrelette, et reviens m'informer.

L'autre trotta chez le voisin.

– Quoi, dit le laboureur, j'ai troublé ta maîtresse ? Misère de mon sang ! Qu'ai-je fait cette nuit ? Cet oiseau, posé là. Il pond chaque jour trois œufs d'or. Aux ouvrages de cette sorte il faut l'amitié de la lune, voilà pourquoi j'ai travaillé à l'heure où madame s'endort. Porte-lui mes condoléances.

Maigrelette joignit les mains devant l'étonnante merveille, resta un moment bouche bée, puis elle s'en revint à la chambre où l'on coiffait la jeune dame devant un miroir amoureux.

Elle conta ce qu'elle avait vu.

– Des œufs d'or, vraiment ? Trois par jour ? dit la princesse. Je le veux. Va, achète-le, et reviens.

La servante courut, désigna le chef-d'œuvre en demandant son prix et attendit, le souffle court.

– Je ne le vends pas, je le donne, dit le laboureur de sillon mouillé. Je veux voir les seins de madame. Qu'elle les dévoile devant moi, et je lui offrirai l'oiseau empaqueté.

La Maigrelette, exténuée, redit en quelques bribes rauques la condition *sine qua non*. La princesse s'en offusqua.

– Oh l'insolent ! J'en meurs de honte ! Jamais ! Tant pis, n'en parlons plus.

Elle s'éloigna et réfléchit, revint, hésita, dit encore :

– Évidemment, s'il est précieux au point de pondre des miracles, il vaut bien qu'on se force un peu. Ce jeune homme, toi qui l'as vu, a-t-il au moins belle figure ? J'exige en tout cas (dis-le-lui) qu'il reste à distance décente. Finissons-en. Va le chercher.

Le soir même l'oiseau trônait sur la commode.

Le lendemain matin :

– Cet homme est un démon, je vais le faire pendre ! Ciel ! As-tu entendu le chahut qu'il a fait ? Dis, qu'a-t-il fabriqué ? Le sais-tu, Maigrelette ? Un chef-d'œuvre nouveau ? Tu crois vraiment ? Tu es sûre ? Eh bien, qu'attends-tu donc ? Seigneur Dieu, qu'elle est lente !

Maigrelette s'en fut, Maigrelette revint, la face extasiée.

– Madame, un cheval d'or ! Pour un prix dérisoire. Il veut voir (rien de plus) vos jambes jusqu'en haut. Nues, cela va de soi.

– C'est très désagréable. Ce garçon va finir par me mécontenter. Enfin, puisqu'il le faut ! Mais tu ne m'as rien dit. Je suis là, dans ma chambre. Il vient. Distraitement j'ignore sa présence, il regarde et s'en va. As-tu bien tout compris ? Presse-toi, j'ai à faire.

A côté de l'oiseau fut bientôt le cheval.

Au matin :

– Il est fou ! Il a cogné plus fort que ces deux nuits passées. Je me demande bien ce qu'il a fait encore. Allons, n'y pensons plus, je ne veux pas savoir. Maigrelette, tais-toi ! Reste ici ! Bon, d'accord, tu vas, tu t'en reviens, moi, de toute façon, je n'irai pas plus loin !

Pour les yeux de diamant elle alla jusqu'au lit. Pour la poupée dorée elle se fit labourer. Pour le plaisir enfin elle se fit épouser. La ville eut un prince nouveau. La noce dura sept semaines.

J'y fus, j'en viens. J'y ai chanté. On m'a jeté un os de poule, il m'a troué entre les yeux. Depuis, fillette, je te vois, où que tu ailles, où que tu sois.

Le carré de persil

De qui parlent les femmes entre elles ? De leurs hommes. De quoi parlent les hommes à la maison de thé ? Des femmes, de leur corps et de leur désir d'elles, de leur vertu parfois, de leur perversité, de leur vie supposée et de ce que jamais ils n'en pourront savoir.

Ainsi, un soir d'été, trois amis bavardaient en fumant et buvant, assis à la terrasse.

– Mon épouse ? dit l'un. Oh non, je ne crains pas qu'elle me soit infidèle ! Elle est d'une pudeur à rendre un saint jaloux. Un pou mâle suffit à la faire rougir. Et quand elle voit le coq, dans notre basse-cour, elle se voile la face !

– Oh l'amusant candide ! Oh le pauvre naïf ! s'exclama un gaillard aux yeux éblouissants. Les prudes sont ainsi : au-dehors, la mosquée à l'heure de la sieste. Mais au secret du cœur, mille djinns en chaleur ! La tienne est fort capable, à ce que je pressens, de s'asseoir sur un gland en faisant croire à tous qu'elle dit une prière !

– Tais-toi donc, jeune porc, répondit le mari. Tu ne la connais pas !

– Je parie devant tous que dès demain matin je saurai la baiser dans ton propre jardin sans que tu ne voies rien de sa partie de quilles !

L'autre, levant la main, s'empressa de frapper dans la paume tendue.

– Pari tenu, l'ami !

Tous vidèrent leur verre et rentrèrent chez eux dans l'air du crépuscule.

Derrière la maison de la sainte-nitouche était le potager. Le lendemain matin, dès l'aube rose et bleue, l'intrépide Beaux-Yeux se glissa sous la haie avec deux compagnons. Ils étaient encombrés d'un attirail bizarre : un plancher de cercueil troué vers le milieu, des pelles, des coussins, des pioches et quatre pieux. Ils ôtèrent sans bruit un carré de persil, creusèrent un trou modeste aussi long que la planche et disposèrent au fond un coussin pour la tête, un autre pour les fesses, un autre pour les pieds. Le gaillard s'y coucha. Les autres, aux quatre coins, plantèrent les piquets et posèrent dessus le couvercle percé. Par ce trou l'enterré fit sortir sa queue d'homme. Les mottes de persil furent en hâte remises à leur place première. L'air retrouva bientôt le parfum innocent des matins de juillet, sauf que dans le carré des herbes de cuisine était au garde-à-vous, chauve, nerveuse et rouge, une plante nouvelle.

Le mari vint bientôt avec ses familiers prendre là, sur un banc, son petit déjeuner. Son épouse sortit, vêtue de pied en cap. Elle s'en fut arracher quelques menus navets pour la soupe du jour, puis venant au persil, au milieu des verdures elle vit l'objet vivace. Dans la fente du voile entre le haut du front et le sommet du nez ses cils battirent un peu, mais elle n'hésita guère. Elle se mit à genoux, se troussa vivement et s'assit sur le dard dans un grand soupir d'aise. Après quoi, remuant lentement, les mains jointes, les yeux noyés d'azur, elle murmura ces mots :

– Ô Miséricordieux, vous exaucez enfin une longue prière. Vous avez fait pousser pour moi, votre servante, dans mon pauvre jardin un braquemart vivant. Alléluia, Seigneur ! Je le soignerai bien. Tous les jours désormais j'honorerai ce don de votre haute grâce. Oh le bougre il jouit, et je jouis aussi ! Dans les siècles des siècles amen, soyez béni !

Son mari, sur son banc, grignotait des biscuits en parlant des nuages et des ondées possibles. Il vit dans le persil sa femme s'attarder, mais il n'y prit pas garde. Il sourit vaguement. Comme elle paraissait humble, ainsi agenouillée, seule dans son jardin ! Un ami près de lui se pencha de côté et dit en le poussant du coude :

– Quelqu'un qui ne sait pas et pourtant croit qu'il sait, quel homme est-il, dis-moi ?

Il répondit :

– Un fou.

Tous rirent. Lui aussi.

Le chant de Fahima

Djoadi était amoureux. Fahima était son supplice. A ses yeux d'homme au cœur brûlé elle était le désert, la source, le désir et la peur d'aimer, le haut du mont et la vallée, la faim, la soif et l'abondance. Il se sentait à elle à jamais enchaîné, pourtant elle lui était sans cesse inaccessible. Il ne l'avait jamais touchée. Non point qu'il fût infirme ou timide à l'excès. Il plaisait sans souci, il baisait sans encombre et donnait du plaisir autant qu'il en prenait à celles que la nuit amenait dans son lit. Aucune en vérité ne l'avait regardé comme un os poussiéreux jusqu'à ce jour maudit où, la bouche mouillée, il avait essayé de dire à Fahima qu'il avait envie d'elle. Elle avait grimacé, la mine dédaigneuse, et s'était détournée. Depuis, il la guettait, risquait un mot content quand il la rencontrait, mais son cœur débordant faisait trembler sa langue, et il prenait la fuite, et il se trouvait sot.

Or un soir étoilé, passant dans sa ruelle, il vit soudain là-haut le volet s'entrouvrir. Il s'arrêta, le cœur battant. Belle comme la lune au plein cœur de la nuit Fahima apparut dans la lueur dorée d'un chandelier de cuivre. Il voulut lui parler. Il ne put, les yeux ronds, qu'avaler une mouche. Alors, rêveusement, elle fredonna au ciel cette étrange chanson :

Entre deux monts fut une tente
élancée, de belle tenue.
Hélas, par fortune méchante
son mât fut un jour abattu.
Désormais vase privé d'anse
comment puis-je tenir debout ?
Mon centre est semblable à la panse
d'un chaudron où mon chagrin bout !

Djoadi en resta extrêmement pensif. Que signifiait donc cette apostrophe obscure ? Il se la répéta toute la nuit durant, la tourna en tous sens, tenta mille exégèses, oublia de dormir, vit le jour se lever et se leva aussi avec une migraine à déboiser un cerf. Il connaissait un sage expert en textes rares et poésie fermée. Nouhass était son nom. C'était un vieil ermite. Sans cesse répétant le chant de Fahima, Djoadi s'en fut donc jusqu'à sa porte étroite.

Il salua le maître et lui soumit l'énigme. L'autre lui répondit, en tisonnant les braises entre les deux cailloux de son pauvre foyer :

– Cette femme est charnue. Ses rondeurs sont plaisantes. Elle n'a pas de mari. Elle t'aime, assurément.

– Prophète de bonheur, à quoi voyez-vous donc ces choses que vous dites ? demanda Djoadi, la mine éberluée.

Nouhass lissa sa barbe, il regarda le ciel par la lucarne ouverte, et comme s'il lisait dans le grand livre bleu :

– La tente de belle tenue ne peut être à mon sens que sa motte velue. Les cuisses, évidemment, sont les monts qui la cernent. « Le mât fut abattu » signifie qu'elle n'a plus d'homme à sa convenance. Elle est donc désormais un vase privé d'anse. En termes clairs, mon fils, sans ce gros bâton courbe également nommé dard avide d'amour, sa chatte est orpheline. Quant au chaudron, il dit ce que ta Fahima espère d'un amant. Écoute, c'est subtil. Que cuit-on, tous les jours, dans un tel ustensile ? La soupe de maïs. Et que fait-on, dis-moi, pour la rendre onctueuse ? On la touille au pilon. Non pas à la cuiller, à la brindille tendre, au vague cure-dents, non : au pieu de bois dur à deux mains empoigné. As-tu bien ce qu'il faut pour combler le désir de cette ravageuse ? Elle doute. Elle se demande. Elle aimerait savoir. En vérité, mon fils, c'est toute la question.

Djoadi répondit :

– Ô mon maître précieux, j'ai là entre les jambes un orgueilleux guerrier. Au plus chaud des batailles, il n'a jamais failli !

– Le Seigneur tout-puissant soit loué ! dit le sage. Porte-lui donc ces vers qui me viennent à la bouche, et tu seras bientôt un amant satisfait.

Et Nouhass récita :

Fahima aux longs cils, baisse ton œil parfait.
Devine le démon que mon vêtement cache.
Ose le réveiller, regarde comme il fait
une tente de roi d'une vulgaire bâche !
Vois comme il grimpe au ciel, à peine chatouillé.
Un dard, cela ? Que non ! Une maîtresse branche !
S'il faut à ton chaudron une longue cuiller,
Ô divine affamée, empoigne donc ce manche !

Djoadi, les yeux clos, savoura lentement l'époustouflant poème. Il s'en fit un délice et l'apprit sur-le-champ. Après quoi il baisa le manteau de Nouhass, et les joues rouge vif s'en fut chez Fahima. Elle lui ouvrit sa porte. Il chanta dès le seuil, droitement, haut et juste. Elle soupira profond, ses lèvres s'humectèrent. Elle parut défaillir. Elle tomba à genoux et dit, se retenant à la perche charnue tout à coup tendue devant elle :

– Si ton corps sait chanter aussi bien que ta bouche, homme, mets le verrou et tire les rideaux !

Ce fut fait aussitôt. Personne n'entendit dans la chambre fermée la musique du lit répondre aux cris du cœur, mais dès le lendemain Djoadi appela ses amis à la noce. Ce fut un beau mariage, on y vit des ministres et des poètes riches. On honora Nouhass pour sa subtilité. Il goûta les louanges et s'en revint chez lui, fatigué de la foule, heureux de vivre seul dans l'oubli reposant des humaines passions.

Zohra

Elles étaient sept filles de roi. Elles maniaient le sabre, elles allaient à cheval à la chasse aux gazelles et leur poigne était rude, et leurs yeux émouvants. Chacune d'elles avait un palais de montagne à l'écart des chemins. Elles vivaient sans époux. Elles n'en désiraient pas.

La plus jeune avait nom Zohra. Un jour qu'elle chevauchait parmi les oliviers elle rencontra un homme. Il poursuivait un cerf. Zohra était vêtue et bottée comme lui, un pan de son turban recouvrait son visage. Il crut voir un chasseur. Il lui dit :

– Paix sur toi !

Elle répondit :

– Dieu t'aide !

Il s'étonna.

– Ta voix est celle d'une femme.

Et la regardant droit :

– Tes yeux aussi sont beaux.

Il lui tendit la main. Elle resta un instant hautaine devant lui, tourna brusquement bride, éperonna sa bête et s'enfuit sous les arbres.

Le nom de ce jeune homme était Moktar El Hadj. C'était le fils du prince. Rêvant, la tête basse, il retourna chez lui au pas de son cheval. Il dîna ce soir-là chez son frère de cœur, Abdullah El Heïluk, fils aîné du vizir. Il conta sa rencontre. Il dit aussi son trouble. Enfin :

– La connais-tu ?

– Je suis parfois passé devant sa citadelle.

– Je la veux, dit Moktar.

– Aucun homme jamais n'a touché son épaule. Oublie-la, petit frère.

– Impossible. Je pars.

– Où tu iras j'irai !

Moktar et Abdullah ensemble se levèrent, mirent leur turban noir et leur sabre au côté. Avec eux galopant sous la lune nouvelle s'en furent leurs valets, Mimoun le nègre énorme et Felah l'homme heureux.

A l'aube ils arrivèrent au pied d'un mont rocheux. C'était l'heure timide où le soleil dénoue sa longue coiffe rouge à l'horizon de l'est. Sur la cime effleurée par le matin naissant se dressaient les remparts du château de Zohra. Ils en firent le tour. Il n'avait pas de porte. Comme ils redescendaient en tirant prudemment leurs chevaux par la bride, au flanc de la montagne ils virent une caverne. Elle était sombre et vaste. Ils allumèrent là un feu de campement.

– Attendons, dit Moktar.

Et désignant là-haut l'austère citadelle :

– Il y a bien dans ces lieux une faille inconnue par où l'on entre et sort. Si quelque visiteur s'en vient, nous le verrons.

Jusqu'au soir ils veillèrent. Ils n'aperçurent pas le moindre chien errant.

Or, comme ils s'endormaient sur la terre battue, Mimoun leva le front et s'en alla soudain, parmi les éboulis, au fin fond de la grotte. Il resta un moment aux aguets dans le noir puis revint, les yeux ronds.

– J'entends du bruit, mon maître. Il y a là-bas des gens.

Tous les quatre aussitôt s'en furent, le dos courbe. Un étroit souterrain vint sous leurs mains tendues. Ils allèrent longtemps, hésitants, malhabiles. Une lumière enfin apparut, droit devant. Ils coururent. Une torche éclairait une porte. A peine grinça-t-elle. Ils entrèrent sans bruit dans une chambre nue. En face, à quelques pas, était une tenture. Entre ses pans venaient une lueur dorée, une rumeur de voix, de rires, d'entrechocs d'argent et de cristal. Moktar risqua un œil. Dans une vaste salle au confort foisonnant la princesse Zohra sur des coussins de soie goûtait nonchalamment quelques dattes confites. A ses pieds se tenaient cent vierges babillantes aux envols transparents, aux poitrines vêtues de vapeurs parfumées. Elles aussi grignotaient de menues friandises, et riant en cascade au moindre mot plaisant offraient leur gorge aux lustres.

– Regarde, dit Moktar.

Abdullah regarda, sourit et murmura :

– Pouvons-nous reculer devant ce paradis ?

L'arme au poing, ils entrèrent.

Une nuée d'oiselles aussitôt s'envola vers les recoins lointains en piaillant mille morts. Seule Zohra fit face. Elle se dressa debout.

– Hommes, que voulez-vous ?

– Dame, de l'amour vrai.

– Qui es-tu, toi qui parles ?

– On m'appelle Moktar, fils d'El Hadj le Puissant.

– Où m'as-tu rencontrée ?

– Dans un bois d'oliviers.

– Qui t'a conduit ici ?

– La volonté de Dieu.

Zohra baissa la tête. Elle se tut un moment, puis l'œil à nouveau vif :

– Homme, mérite-moi.

– Ordonne, dit Moktar.

– A quatre conditions tu me posséderas. Tous quatre ici présents devrez vous y soumettre.

Abdullah El Heïluk avec Mimoun l'énorme et Felah l'homme heureux firent ensemble serment d'obéir à ses vœux.

Elle se rassit parmi ses coussins de soie rouge.

– Ma volonté pour toi, compagnon de Moktar : déflore sans jouir quatre-vingts de ces vierges.

Abdullah répondit :

– A ton ordre, haute dame.

Il défit sa ceinture et s'en fut sur un lit dans un coin de la salle. Quatre-vingts jeunes corps vinrent le visiter. Il fit ce qu'il fallait sans pleurer une goutte et revint à Zohra. Elle lui baisa le front.

– Ma volonté pour toi, serviteur de Moktar : tu devras besogner quarante jours durant ma servante Mouna sans que ton dard mollisse. A la moindre langueur, dis adieu à ton maître. Il mourra de ma main.

– Quarante jours, c'est peu, lui répondit Mimoun. Cinquante, est-ce possible ?

Une poigne velue se posa sur sa nuque. Il se tourna, il vit et resta bouche bée. Mouna était plus haute et plus large que lui. Dans un rire orageux elle l'entraîna au lit.

– Ma volonté pour toi, seigneur Moktar El Hadj : voici mon collier d'or. Que ton sabre charnu lui serve de perchoir une lunaison pleine. S'il tombe, hélas pour toi, tu ne jouiras plus avant la Cité Haute où l'extase des âmes attend les êtres pieux.

Ainsi parla Zohra. Enfin elle se tourna vers Felah le chétif :

– Tu nous amuseras autant qu'il nous plaira. Tu seras mon esclave et celui de mes filles.

Tous arrivèrent au bout de l'ouvrage excessif sans fatigue notable. Comment cela se fit ? Durant leurs jours et nuits de verge horizontale ils se firent nourrir de pois chiches, d'oignons et de lait de chamelle au miel de romarin. Si aucun ne faillit, ce fut à ces dîners qu'ils durent leur victoire. Ils ne quittèrent plus le palais de Zohra. Ils y vécurent heureux jusqu'au fond de leur vie. Hommes qui désirez jouir longtemps des femmes, sachez donc ce qu'il faut à la santé du corps. Je l'ai dit. Dieu vous garde et vous accueille un jour dans son jardin parfait, comme il a fait de ceux dont j'ai conté l'histoire.

Les parfums de la vérité

Moçaïlama était prophète. Il y en avait en ce vieux temps d'éloquents, de faux, de pervers, de presque vrais, de discutables. Moçaïlama, lui, était pauvre et désirait la haute estime qu'inspirent les princes et les saints. Il avait deux mille disciples dans la ville d'El Yamama, tous corps et âme dévoués. Que le guide aimé de leur vie crache dans les yeux d'un aveugle, avant même que l'autre ait essuyé sa face ils s'en allaient criant sous les fenêtres ouvertes qu'il lui avait rendu la lumière. Il parlait fort. On l'écoutait. On se répétait à l'envi ses énigmatiques sentences. Sur le chemin des caravanes on colporta bientôt son nom, ses paroles, ses actes pieux et ses miracles supposés.

La rumeur vint un jour jusqu'à Beni Temim. Là demeurait Chedja, prophétesse notoire estimée des mendiants. Elle aussi guérissait, selon ces pauvres gens, les chauves, les lépreux et les coliques vertes. Elle détesta ce bruit venu d'El Yamama. Un soir, dans le désert, elle réunit sa troupe et dit :

– La prophétie ne se partage pas. Ou c'est votre Chedja que le Très-Haut inspire, ou c'est Moçaïlama. Il faut que nos pouvoirs, décidément, s'affrontent. Allons donc jusqu'à lui. Si de notre rencontre il sort meilleur que moi, il sera notre maître. Et s'il en sort vaincu je régnerai sur lui et sa bande d'esclaves.

A son frère cadet elle confia le soin de porter ce défi à celui qui troublait désormais son esprit. Il partit à l'instant. Le lendemain matin elle s'en fut sur ses traces avec son millier d'hommes.

Lorsque Moçaïlama apprit que sa rivale cheminait droit sur lui, il en fut consterné. En hâte il assembla ses plus ardents disciples, demanda leur avis, écouta longuement leur silence perplexe. Aucun, apparemment, n'avait la moindre idée de ce qu'il fallait faire. Enfin un vieux toussa humblement dans son poing et dit :

– Homme de bien, défroisse tes sourcils, car je vais te parler comme un père à son fils.

– Frère des arbres centenaires, lui répondit Moçaïlama, révèle-moi sans peur le fond de ta pensée.

– Écoute, dit le vieux. Fais dresser une tente à l'entrée de la ville. Orne-la de tapis, de meubles, de tentures, et surtout, ô mon maître, emplis-la de parfums. Répands dans l'air le musc, la rose, la jonquille, le jasmin, l'oranger, la jacinthe, l'œillet. Allume çà et là quelques grains d'aloès et brindilles de cèdre. Enfin, quand leur fumée embrumera les lampes, fais amener Chedja. Ces multiples senteurs étonneront ses sens, et tu verras bientôt son œil se renverser, ses gestes s'amollir et ses lèvres s'ouvrir sur de longs soupirs d'aise. Alors tu poseras ta bouche sur la sienne, et ton corps lui dira où est le juste Dieu.

– Ton conseil est subtil. Sois mille fois béni, répondit le prophète.

Il mit quatre-vingts hommes à dresser promptement une maison de toile, cinquante à la meubler et dix à l'inonder d'effluves capiteux. Après quoi il s'assit au centre de la tente, sur un siège sculpté. On invita Chedja, qui venait d'arriver, à franchir le rideau.

Elle était fière et belle. Ses yeux étaient semblables à la nuit du désert. Elle s'avança vers lui. Il lui fit un discours d'honnête bienvenue. Chedja le regarda. Son regard s'alanguit, ses narines frémirent. Elle murmura :

– Seigneur, suis-je au saint paradis ?

Elle ne put s'empêcher de sourire et rougir. L'autre lui prit la main, qu'elle avait fine et moite. Il la vit enivrée. Il lui dit à l'oreille :

– Ô femelle aux longs cils !

Elle gémit tendrement. Alors il dit encore en caressant ses seins :

– Comment veux-tu jouir ? De face, de côté, assise sur mon dard ou comme à la prière, le front sur le tapis, la croupe à la lumière ? Parle, je veux t'aimer selon ton seul désir.

Chedja lui répondit :

– Prophète tout-puissant, baise-moi sans tarder de toutes les manières !

Il en eut du plaisir. Elle en eut plus que lui.

– Épouse-moi, dit-elle après qu'il eut tiré ses flèches délicieuses.

Ils sortirent au soleil.

Chedja leva la main pour qu'on fasse silence. Elle dit à la foule assemblée :

– Notre débat fut long, sincère et profitable. Moçaïlama mon maître a planté le vrai Ciel dans mon corps étonné. Suivez-le désormais comme je veux le suivre !

Tous firent ce soir-là mariage de rôtis, de galettes et de thé. Dieu vint parmi ces gens. Aucun ne put le voir. Il était dans les chants qui allumèrent l'aube.

Les enfants amoureux

Il était un jour deux amis, deux frères, deux jumeaux de cœur. On les voyait toujours ensemble, parlant au milieu de la rue, buvant à la maison de thé, jouant aux dés devant leur porte. Ce que pensait l'un, l'autre le disait. Ensemble ils cherchaient, ensemble ils trouvaient des réponses simples aux soucis profonds, et leurs yeux riaient aux mêmes bonheurs. Le même jour ils prirent femme. Ils firent ensemble double fête. Au soir, tenant leurs mains serrées, chacun son tour fit ce serment :

– Si Dieu veut que j'aie une fille, s'il veut te donner un garçon, nul ne pourra les séparer. Ils seront promis l'un à l'autre.

Ayant ainsi parlé, ils s'en furent joyeux au plaisir des épouses.

Après un an passé, une fille naquit dans la maison de l'un, dans la maison de l'autre un garçon vint au monde, mais le beau temps s'était gâté dans le cœur des inséparables. Amis, ils ne l'étaient plus guère. A peine se saluaient-ils quand ils se croisaient sur la place. Les femmes, à petits coups de griffes, avaient sournoisement semé la zizanie.

– Sais-tu ce que m'a fait la chipie de ton frère ? disait l'une.

Elles se détestaient. Et l'autre, l'œil luisant et la langue piquante :

– Ton ami ? Parlons-en ! Il t'exploite. Il te ment. Tu me forces à tout dire ? Eh bien, pauvre naïf, pas plus tard qu'aujourd'hui (pardon, Seigneur, j'ai honte !) il m'a frôlé le bras.

Bref, elles en firent tant que lorsque les enfants naquirent, se croisant un matin devant la porte bleue du marchand de babouches :

– Mon épouse, dit l'un, vient d'accoucher d'un fils.

– La mienne aussi, dit l'autre. Adieu.

– Porte-toi bien.

Ils n'en dirent pas plus.

L'un d'eux avait menti. Mais mieux valait tromper le monde que de devoir donner, un jour, sa fille au loup. On la vêtit donc en garçon. On la conduisit à l'école. Qui lui prit la main, dans la cour ? Le fils de l'ami de son père. Ils se croyaient de même sexe, ils ne savaient rien du serment qui les avait un jour liés, pourtant ils semblaient se connaître depuis le premier jour de Dieu.

En classe, ils prirent place ensemble. Le maître un matin les surprit à se caresser le genou. Quoi, deux garçons ? Miséricorde ! Il les battit. Ils s'obstinèrent. Comme on récitait le Coran, on les vit se baiser les lèvres, assis par terre, dans un coin. L'instituteur, scandalisé, les prit par le bout de l'oreille et les mena chez leurs parents. Il dit aux pères réunis à mi-chemin des deux familles :

– Ou ces enfants sont des démons, ou ils sont nés pour vivre ensemble. Ils s'aiment à donner le frisson au plus intraitable des juges ! Ce ne peut être deux garçons. L'un d'eux est sans doute une fille.

Les pères, rechignés, se turent.

On décida de séparer les amoureux inacceptables. On garda l'un dans une classe, on envoya l'autre à côté. Alors dans l'ombre d'un pilier, sourds à la rumeur monotone des leçons de tout et de rien, ils grignotèrent la cloison, firent un trou, passèrent la langue, se baisèrent ainsi une année, puis la fente s'agrandissant leurs mains aussi s'aventurèrent. Ils n'apprirent rien de l'algèbre, des étoiles, des lois du temps. Ils se caressèrent le front, les joues, la bouche, les épaules. Encore une année fut franchie sans que nul ne les prenne en faute. Le garçon put passer la tête à travers la brèche élargie. La fille lui offrit son cou, ses tétons, une cuisse nue, puis le triangle duveteux en haut de ses jambes tremblantes, et sa bouche, encore et encore, et ses mots d'amour infinis.

Un jour enfin ils furent pris en flagrant délit de délices. Le maître vit par l'ouverture un sein trop rond pour un garçon. Il retourna chez les parents, attira les pères à l'écart et leur apprit sa découverte. Il les laissa régler leurs comptes devant une tasse de thé. Ils se dirent à mi-voix, dès qu'ils se virent seuls :

– Dieu a tenu notre serment. Pourquoi nous sommes-nous menti ?

– Le mensonge est fils de la peur. Revenons avant sa naissance. Voici ma main.

– Voici la mienne.

Les enfants furent mariés. Les femmes firent des gâteaux. Les amis retournèrent en paix cultiver leur jardin de roses. Bénis soient ceux qui osent aimer. La vie est plus belle que nous.

Il n'est pas de saison
pour ensemencer les plaines de l'amour.

Un cheveu de qui l'on aime
tire mieux que quatre bœufs.

Le dard de mon amant était comme une perche.
J'allais tomber, je l'ai saisi.

L'amour est semblable à l'abeille.
Avec le miel va l'aiguillon.

Au lait des vaches de mon époux
je préfère celui de l'homme qui m'attend dans l'étable.

L'amour est un crocodile
dans le fleuve du désir.

Qui donne son cœur pour un puits à plaisir
vend le soleil pour s'acheter une bougie.

L'amour est une rose
et le désir son ombre.

Chaque être aimé
est un paradis.

L'amour ne se paie que d'amour.

Asie

Ce que disait la vieille

Elle était vieille, vieille ! Quand ceux de la maison se réveillaient à l'aube, elle était déjà là, devant la cheminée. Et quand, la nuit venue, ils allaient se coucher, elle restait la dernière à tisonner les braises. Elle sentait la fumée. Le soir, les cinq enfants s'asseyaient à ses pieds. Elle les serrait contre elle. Ils ne demandaient rien. Ils attendaient qu'elle parle. Elle priait un moment. Enfin elle répondait à leur désir secret. Elle disait en riant :

– Ces jours sont morts, petits ! Pourquoi m'en souviendrais-je ?

– Parce que nous sommes là, voilà pourquoi, grand-mère !

Elle soupirait, radieuse :

– Oh mes fils, mes vivants !

Elle racontait toujours les mêmes vieux mariages, et derrière le front de ceux qui l'écoutaient bougeaient confusément des allées et venues, d'étranges demi-mots, des cérémonies graves. Qui décidait, jadis ? Les femmes d'âge mûr. Quatre de ces matrones allaient chez les parents de la fille choisie. La future fiancée leur servait le café, et quoi qu'on lui demande elle devait demeurer muette, le front bas, rougissante de honte. « Un ange sur la terre ! » Ainsi disaient les marieuses si elles la trouvaient assez humble, assez naïve et réservée. Alors l'affaire était conclue. Le père du garçon envoyait aux parents trois pièces d'or, un châle, un voile et une bague. Le fiancé n'avait pas encore vu la fille. Était-elle jolie, difforme, longue, courte ? Il rêvait. Elle aussi.

Certains soirs il disait à ceux de sa famille :

– Je vais me promener.

Il faisait le faraud, mais chacun savait bien. Il parfumait sa tête, il s'habillait en fête, bottes, veste brodée, poignards à la ceinture, et il courait chez la fiancée. La mère de l'élue offrait au futur gendre des noisettes et des raisins secs, mais il n'y goûtait pas. Il restait sans parler, la honte dans la gorge. Alors on amenait devant lui sa promise au visage voilé, et comme ils se tenaient assis l'un devant l'autre les sœurs et les amies soulevaient en gloussant, par malice furtive, le tissu qui gardait la figure secrète. On les laissait parfois seuls ensemble un moment, et la future femme osait, en protestant, se laisser contempler. Ils parlaient à voix basse, ils se tenaient la main, mais ils restaient modestes, car on veillait sur eux derrière le rideau.

Enfin venait la noce. Les amis du garçon allaient chez la fiancée en chantant et tirant des coups de feu au ciel. Les amies de la fille amenaient dans la cour la prochaine épousée. Des tambours l'accueillaient, de nouveaux chants, des danses. Dans un chariot fleuri on la conduisait droit chez son futur mari. Elle passait la journée dans la salle des vieilles, et l'homme festoyait avec ses compagnons. Au soir, on la menait jusqu'au seuil de leur chambre. On bouclait les volets, on allumait un cierge au milieu de la table, on verrouillait la porte. Ils étaient seuls, enfin. Enfin elle était femme.

La vieille se taisait. Elle souriait, rêveuse, et les enfants disaient :

– Que faisaient-ils, grand-mère ?

Alors elle chantonnait en berçant ses petits :

A toi ce voile bleu, à toi ce sourcil noir,
A toi ces yeux mouillés, ce nez, ces lèvres rouges,
A toi ce long cou blanc, ces seins que mes mains couvent,
A toi ces hanches tendres et ce ventre émouvant,
A toi sous le nombril ce coffre de Cyprès.
A qui la clé qui l'ouvre, ô fortune du monde ?
A moi, ma bien-aimée, à moi, à moi, à moi !

Le vrai Dieu

Quand Brahman, notre aïeul, eut créé ce bas monde et le monde des dieux, des sages, des démons, quand il eut tout inscrit des lois de l'univers, des âges de la vie et des éternités, quand il eut marié les grandes illusions, le faux avec le vrai, le bien avec le mal, l'ombre avec la lumière, il releva le front et contempla son œuvre. Alors il vit au ciel le soleil crépitant. Il emplissait l'espace. Et Brahman notre aïeul se penchant sur la terre vit les arbres brûler sous l'astre incandescent, il vit partout les bêtes et les Esprits de l'eau, les herbes, les cailloux et les Esprits de l'air se racornir, griller et tomber en poussière. Il vit bouillir les lacs et s'enflammer les mains au bout des bras tendus de ses enfants humains. Son cœur en fut troublé. Il détourna le front. Son regard rencontra l'océan ténébreux.

Sur les vagues immobiles un Être était couché. Il était d'or semblable au matin nouveau-né, plus beau que toute vie et plus pur que le Vide, douloureux, désirable et bienheureux enfin autant que l'amour même. Brahman ouvrit la bouche et lui dit :

– Qui es-tu ?

L'autre se réveilla, il s'assit sur l'eau noire, il se frotta les yeux, regarda l'alentour, vit Brahman sur la rive. Un sourire aussitôt illumina sa face. Il dit, insouciant, en sortant de son lit :

– Oh, bonjour, cher aïeul. Je suis Narayana, l'âme de l'univers.

– Ai-je bien entendu ? lui répondit Brahman, l'œil tout à coup sévère. Ce salut négligent s'adresse-t-il à moi ? Sans doute ignores-tu qui tu vois là debout. Le créateur de tout, le destructeur du reste, l'être aux yeux de lotus, l'esprit des mille mondes, et l'évident auteur du conte qu'à l'instant un homme écrit pour nous, voilà ce que je suis ! Ta familiarité, sache-le, me déplaît. Quelle folie t'émeut ?

L'autre se prit à rire, chassa devant sa face un brouillard passager et dit, le front si haut que les feux du soleil se reflétaient dedans :

– Comprends, ô téméraire ! L'inventeur des milieux et des périphéries, le père inébranlable, le souverain des dieux et le partout-présent, c'est moi, Narayana. Ton corps, ton apparence, l'œuf où tu as germé parmi les galaxies, et les vides impensables, et les constellations, ô fils, tout est mon œuvre. Accepte, et sois heureux sous mon œil indulgent.

Brahman gronda du nez et des mondes tremblèrent. Narayana rugit. Leurs regards furibonds firent fuir en tous sens mille étoiles peureuses.

Comme ils courbaient le dos pour bondir l'un sur l'autre, tout à coup s'éleva entre leurs corps bandés une verge de feu. Ensemble ils reculèrent et levèrent la tête.

– S'il est vrai que tu sais, cria Brahman l'Aïeul, parle ! Dis-moi d'où sort ce phallus effroyable !

L'autre lui répondit :

– S'il est vrai que tu es le Père de la vie, dis-moi dans quel secret va se planter ce gland dressé hors de portée de mon œil infaillible !

– Nous le saurons bientôt, dit Brahman, ô mon frère ! Je monterai le long de ce sexe enflammé jusqu'à sa cime rouge. Prends le chemin inverse et plonge à sa racine. Ainsi nous apprendrons d'où il vient, où il va !

Vif comme la pensée Brahman monta mille ans. Narayana puissant comme mille univers mille ans descendit droit dans les brouillards opaques. Ils ne trouvèrent rien, ni ventre ni sommet. Alors l'un remonta, l'autre redescendit. Tous deux se prosternèrent et dirent :

– Qu'est ceci ?

La verge prodigieuse eut un frémissement.

– Je suis, répondit-elle.

Et chacun l'entendit. Et sur le grain de sable où vivaient les humains le soleil rassuré s'apaisa dans le ciel, les arbres reverdirent et les gens étonnés regardèrent leur âme où naissait l'infini.

Les amours de Krishna

Un roi, un soir d'hiver, appela son poète entre tous préféré. Il lui dit :

– Parle-moi.

L'homme sage s'assit sur une chaise basse et lui fit ce récit :

Krishna, fils de Nanda, rêvait dans son jardin où les jasmins s'offraient aux tiédeurs de l'automne. Et ce jour-là, soudain, comme il s'abandonnait à la brise légère, dans son corps pénétra un désir neuf et vif, une soif délicieuse, une envie de plaisir. Alors lui vint un chant. Il mit sa flûte aux lèvres et le vent aussitôt emporta sa musique, et cent femmes aux beaux yeux levèrent les sourcils dans les maisons du monde. Celles qui conversaient avec leur compagnon restèrent bouche ouverte et coururent à la porte, celles qui attendaient le retour de l'époux quittèrent la fenêtre, celles qui cuisinaient laissèrent leur fourneau et sans prendre le temps de s'essuyer les mains s'en allèrent en riant. Toutes, le cœur battant, attirées par le chant du désir de Krishna, oublièrent famille, enfants et voisinage. Toutes vinrent au jardin du dieu.

Krishna, fils de Nanda, les voyant essoufflées autour de lui leur dit :

– Que faites-vous ici, femmes aux seins de safran ? La

nuit, dans le bas monde, efface les chemins. Vos pères, vos maris, vos jeunes fils vous cherchent. Ils ont besoin de vous. Retournez auprès d'eux !

Les femmes répondirent :

– C'est par amour de toi que nous sommes venues, ô seigneur désirable !

– Le corps d'un dieu n'est pas un objet de plaisir. Filles, pensez à moi, célébrez mon saint nom et priez dans vos âmes. Ainsi vous m'aimerez.

Les amantes effarées écoutèrent ces mots et baissèrent la tête, accablées de chagrin. Enfin une osa dire :

– Pour toi, pour adorer la plante de tes pieds nous avons renoncé aux fortunes terrestres. Rends amour pour amour, ô maître de nos vies !

– Qu'importent nos maris, qu'importent nos enfants, dit une autre. Ô seigneur, tout l'espoir de nos âmes est en toi désormais !

Une autre encore dit :

– Tu as pris nos pensées, nos bonheurs de cuisine, nos joies, nos rêveries. A quoi bon retourner, maintenant, au village ? L'empreinte de tes pas est notre seul chemin !

Enfin, joignant les mains :

– Ton chant émeut les bœufs, les tigres, les lions, dit une jeune vierge, il inspire les merles, il fait frémir les arbres. Hélas, notre raison peut-elle demeurer plus forte que nos cœurs ?

Krishna les regarda, sourit et dit :

– Venez.

Il s'en fut avec elles au fond de la forêt. Là il les étreignit et se coucha sur elles, il caressa leurs mains, leurs bras, leur chevelure, il leur baisa les seins et fit rire leur ventre. Elles en furent si fières et si gonflées d'orgueil qu'elles se crurent royales entre toutes les femmes, élues, choisies de Lui qui règne dans le Ciel. Krishna vit leur ivresse. Alors, pour les guérir, il disparut soudain à leurs yeux étonnés.

Elles pensèrent d'abord qu'il reviendrait bientôt, puis elles se désolèrent, elles s'effrayèrent enfin, se mirent à le chercher de forêt en forêt, demandant aux buissons, aux herbes, aux gazelles, des nouvelles de lui.

– Ô vous qui ne vivez que pour le bien du monde, avez-vous vu passer Krishna, fils de Nanda ? Il a ravi nos cœurs, il nous a délaissées !

Errant ainsi, un jour, elles découvrirent enfin les traces de ses pas. Mais elles n'étaient pas seules inscrites sur la terre. D'autres l'accompagnaient. La jalousie soudain leur poigna la poitrine. L'une dit parmi elles :

– Oh, mes sœurs, une femme a gagné son amour !

Une autre répondit :

– On ne voit plus ici qu'une empreinte profonde. Oh, notre bien-aimé l'a portée dans ses bras !

Une autre enfin :

– Ici il a cueilli des fleurs. Dites, en a-t-il orné le corps de sa compagne ?

Krishna, en vérité, goûtait mille bonheurs avec l'épouse élue. Et l'épouse pensait : « Pour moi il a laissé dans la peine cent femmes. Je suis sa préférée ! » Or comme ils traversaient le gué d'une rivière :

– Mon ami, s'il te plaît, porte-moi sur ton dos !

Krishna s'agenouilla et son corps s'effaça dans les scintillements du soleil sur l'eau claire.

– Où es-tu, mon époux, ô la chair de mon âme, aie pitié, reviens-moi !

Il ne reparut point. L'élue avait connu mille extases divines, hélas, elle s'était crue seule digne d'amour, et voulant qu'on la porte elle avait oublié de porter Dieu en elle ! Elle pleura dans ses mains. Les autres la trouvèrent à genoux sur la rive. Avec ses cent compagnes elle s'en alla courant et cherchant elle aussi. Longtemps elles se perdirent.

Enfin, un soir d'été, comme elles se reposaient au seuil d'une clairière, il revint parmi elles. Toutes furent aussitôt debout autour de lui. L'une lui prit la main et la tint dans la sienne. Une autre se pencha et resta près de lui, la joue sur son épaule. Une autre, agenouillée, lui caressa les pieds du bout de ses seins nus. Toutes furent lavées de l'infinie douleur de la séparation. Alors le dieu s'assit sur les robes étalées, et ses femmes lui dirent :

– Enseigne-nous, Seigneur.

Krishna leur répondit :

– Certains aiment s'ils sont aimés. Ceux-là ne savent rien de l'amour véritable. Ils font commerce, rien de plus, de plaisirs et de sentiments. Certains aiment sans rien attendre. Là est l'affection vraie, mes belles, mes chéries. Moi, si je vous ai fuies, vous qui m'avez aimé, ce fut pour vous offrir non point l'amour des êtres, mais l'amour de l'amour.

Ayant ainsi parlé il se multiplia, chacune eut Dieu pour elle et chacune l'aima. L'une avec lui dansa en offrant sa poitrine, l'autre baisa sa bouche en geignant de plaisir, une autre prit sa main et la posa sur elle, une autre l'agaça pour exciter ses sens. Toutes jouirent enfin de plaisirs infinis, hors des jours de ce monde.

Le poète se tut. Et le roi qui venait d'entendre son récit demeura silencieux, puis il hocha la tête.

– Ce dieu, dit-il enfin, est un être immoral. Il a volé ces femmes. Elles avaient des époux, des pères, des enfants !

– Où se trouve le bien, où demeure le mal ? répondit l'homme sage. Ô roi, que savons-nous du véritable amour ?

Le sauvage

C'était au temps lointain des braquemarts sauvages. Les hommes avaient le leur, domestique et discret, mais d'autres vivaient libres, en frères des nains borgnes et des concombres verts. Qui cherchait en trouvait alentour des buissons où s'asseyaient les femmes, au bord des champs de thé. Certaines s'en servaient pour se gratter le dos, certaines pour piler les fourmis vagabondes qui s'égaraient parfois dans leur verger secret.

Or, un matin, deux sœurs qui s'en étaient allées glaner des fruits d'automne dénichèrent dans l'herbe un de ces bâtons roses. La cadette le prit. Il était chaud, vivant.

– Regarde, sœur aînée, il s'allonge, il durcit ! Au secours, il m'échappe ! Ahi, le poisson fou, il soulève ma robe ! A l'aide, attrape-le !

– N'aie pas peur, je le tiens, dit l'aînée accroupie entre les pieds tremblants de sa petite sœur.

Et regardant l'objet, dessus, dessous, de face :

– Tu fais bien des façons pour un fiérot champêtre ! Vois comment on s'en sert.

Elle lui flatta le bout, lui caressa l'échine. Il rougit, frétilla et tendit le museau. Elles rirent de le voir ainsi faire le beau. La cadette lui fit un cache-col de lèvres, puis l'amena jouer dans la nuit de sa jupe. Elle le poussa. Elle dit :

– Oh le brigand, il bande ! Oh qu'il me fait du bien ! Oh, mes poils se hérissent ! Oh, j'en pleure d'en bas ! Oh mon Dieu, dites-moi ce qu'il faut que je fasse ! Jouir ? Vous êtes sûr ? C'est votre dernier mot ? Alors voici, Seigneur.

Elle poussa un long cri d'hirondelle amoureuse. Après quoi revenue au monde, en commère économe elle fourra le gredin dans son panier d'osier.

– Je le garde, dit-elle. Et si tu n'en dis rien à nos mère et grand-mère, quand tu voudras, ma sœur, je te le prêterai.

Au soir elle le cacha sous une pierre plate, près de la cheminée. Quand tous furent couchés, elle alla le chercher sur la pointe des pieds, et le drap sur la tête elle lui fit visiter à nouveau la vallée où la vie prend sa source. Ainsi de longues nuits elle s'ébahit d'amour.

Or, un jour de printemps, sa grand-mère cherchant un tisonnier perdu découvrit le pipeau sous la pierre de l'âtre.

– Hé, que fait donc ici ce joufflu de buisson ? dit-elle en l'exhibant devant son nez crochu.

Elle le jeta au feu sans autre commentaire. La fille, le voyant griller sur les tisons, poussa un braillement de porcelet saigné et se précipita, les deux mains affolées au bout des bras tendus. Elle ne put rien sauver qu'un lambeau de chair crue. Sa grand-mère lui dit, la voyant pâlichonne et toute gémissante :

– As-tu la fièvre, fille ?

Elle ne répondit pas. Elle s'en alla au lit. A peine sous le drap elle voulut enfoncer le relief rescapé entre ses jambes ouvertes. Elle besogna longtemps du pouce et de l'index, n'eut guère de plaisir et s'endormit en deuil. Le lendemain matin, quand elle se réveilla, le bout était collé à l'entrée du trou tendre. Elle le trouva fringant, quoique fragile et court. Elle s'en fit en secret une fête nouvelle.

Aux femmes du village elle confia bientôt l'agréable trouvaille. Elles battirent des mains, et chacune voulut s'orner aussi l'intime. Elles firent donc moisson de verges de campagne, et c'est depuis ce temps que l'on n'en trouve plus, enfin devant le feu firent ce qu'il fallait, et c'est depuis ce temps qu'elles ont, au seuil du nid, cette fraise des bois qui fait rire leur ventre.

Les deux qui s'aimaient d'amour interdit

C'était aux premiers jours de vie sur notre terre. Les yeux de nos ancêtres étaient à peine ouverts. Il advint, en ces temps, un soir d'orage lourd, qu'un jeune montagnard se prenne pour sa sœur de désir défendu. Par miracle, ou hasard, ou ruse de démon, la fille ce soir-là eut une envie semblable. Ils vivaient tous les deux dans une maison brune au milieu des verdures. Ils fermèrent la porte et les doubles volets, il se déshabilla, elle arracha sa robe, et tandis que dehors le tonnerre grondait, dans les ténèbres chaudes ils se firent l'amour.

Vousa, le Grand Esprit, le temps d'un éclair bleu les vit se chevaucher furieusement l'un l'autre. Il fronça les sourcils. Un aigle se percha sur son épaule droite. Le Grand Esprit, l'œil noir, lui désigna le toit de la maison coupable. L'autre aussitôt s'en fut, traversa les nuées, la cime des grands arbres, et les ailes battantes au bord de la fenêtre :

– Hé, vous deux, là-dedans, misérables fêtards, un frère avec sa sœur ne doivent pas jouer à la bête à deux dos ! L'avez-vous oublié ?

Le garçon répondit, accroupi sur la fille et soufflant comme un âne à mi-pente d'un mont :

– Ne dis rien à Vousa ! Derrière la maison sont quelques

poules grasses. Tu ne nous as pas vus. Prends-en trois et va-t'en !

– Il est vrai que j'ai faim, dit l'aigle, radouci.

Il regarda le ciel, hésita un instant et s'en alla aux poules en rasant la muraille.

Vousa le Grand Esprit l'attendit, soupira, gronda, s'impatienta, pensa qu'un messager parfois se perd en route. Alors dans sa main gauche il prit un écureuil qui grelottait, transi à la cime d'un chêne, et dit, l'index pointé sur le lieu du scandale :

– Cours à ces malotrus, maudis-les de ma part et reviens rendre compte.

La bestiole s'en fut parmi les branches vertes. Au seuil de la demeure où l'on s'abandonnait à grands cris jouissifs :

– Holà, les maillocheurs, de la tenue, que diable ! Frère et sœur une nuit au festin d'entrecuisse, horreur dix mille vies au jardin des supplices ! Ignorez-vous cela ?

La fille répondit, haletante, à voix rauque :

– Écureuil, par pitié, ne dis rien à Vousa ! Dans la grange à côté sont des sacs de maïs. Motus, bouche cousue, prends ce que tu voudras !

« Du maïs ! », pensa l'autre, et son œil s'alluma. Il s'en fut grignoter. Il oublia Vousa, et Vousa l'attendit dans sa hutte céleste, cognant du poing l'air gris, pestant amèrement contre ses serviteurs corps et biens disparus dans les brouillards d'en bas.

Comme il guettait la terre, espérant malgré lui un galop de retour, il vit une souris dans un chariot passant. Il la prit par la queue.

– Vois-tu cette maison ? Un frère et une sœur y font la bête double. Effraie-les rudement et reviens rassurer ton maître ici présent. Je veux qu'ils se rhabillent et se tournent le dos !

La souris trottina jusqu'à l'ombre du mur et se glissa dedans par un trou de chatière. Elle s'assit sur sa queue et couina haut et fort en moulinant des pattes :

– Le pilon d'un côté, la marmite de l'autre ! Enfants, décollez-vous, allons, il se fait tard !

La fille répondit en désignant du dard qu'elle tenait à la main le haut de l'étagère :

– Vois-tu ce pot de riz ? Sers-toi et disparais. Mais surtout, s'il te plaît, silence dans le ciel !

Or Vousa, cette fois, avait laissé traîner sa grande oreille triste. Il entendit, comprit, jugea et condamna aussitôt les coupables. Il s'en fut remuer du bout de sa sandale un tigre somnolant à l'ombre d'un fourré.

– Dévore de ma part ces baiseurs illégaux, moi je vais me coucher, lui dit-il, l'air sinistre.

Le tigre s'étira, rugit, galopa droit, troua d'un coup de front le mur de terre sèche, freina au bord du lit, ouvrit grande la gueule. La fille et le garçon ensemble se dressèrent suants, les traits tirés, puant fort l'amour fou.

– Tigre, pitié pour nous ! Dans l'enclos sont trois porcs. Ils t'attendent, ils sont gras. Ne valent-ils pas mieux que nos corps harassés ?

Le tigre les flaira, puis il hocha le front, s'en fut aux cochonnailles et retourna repu à son bois familier. Frère et sœur se levèrent avec le soleil neuf.

C'est depuis ce jour-là que l'aigle aime les poules, l'écureuil le maïs des granges mal fermées, la souris le riz blanc du haut des étagères et le tigre les porcs. C'est depuis ce jour-là que notre monde grince. Un frère et une sœur en ont voulu ainsi. Ils ont pris le plaisir, nous ont laissé les fruits amers de leurs amours, les discordes, les maux qui font douter de Dieu. Vousa le Grand Esprit nous aime-t-il encore ? Qui sait ? Peut-être un peu, peut-être plus du tout.

Kunley l'homme-foudre

C'était au mauvais temps où le démon de Wong épouvantait le monde. Il dînait tous les jours de paysans crasseux, de vieux durs, d'enfants gras et de vaches laitières, ravageait les greniers, piétinait les moissons dans les champs en terrasses puis allait digérer ses horribles ripailles au fond d'une caverne offerte aux mille vents d'un mont inaccessible. Il fit tant et si mal qu'il vida le pays. Ne resta plus vivante, un jour, dans sa cabane, qu'une vieille oubliée. C'est alors que Kunley, le fou béni des dieux, vint dans cette vallée. Il vit les moissons mortes et les charrues rouillées. Il flaira les nuages. L'odeur de l'air lui dit quelle sorte d'affreux régnait sur la contrée.

Il s'allongea dans l'herbe. Il posa près de lui son arc et son épée, ses flèches et sa gamelle où était un vieux fond de farine beurrée. Il prit une poignée de ces provisions rances, il s'en badigeonna les cuisses et l'abdomen, après quoi, chatouillant ses balloches velues, il se mit à bander avec une vigueur de dragon amoureux. Il fit enfin semblant de somnoler un brin et, tranquille, attendit.

Le démon descendit par le sentier abrupt, l'œil noir, le nez ronflant, les poings traînant par terre. Au détour du chemin il découvrit Kunley. Il fit halte. Il gronda :

– Quel étrange animal !

Il le palpa du pied, renifla, appela ses diablotins esclaves. Ils vinrent, bourdonnant comme des mouches bleues autour de sa figure.

– Je doute, leur dit-il. Cet individu-là ne me plaît pas du tout. Son corps est chaud. Il vit, selon toute apparence. Pourtant, mille tonnerres, il ne respire pas. Donc il doit être mort. Mais ce n'est pas la faim qui l'a jeté par terre. Il a là, près de lui, sa gamelle beurrée. Le voyez-vous blessé ? Non, il ne saigne pas. Cependant regardez, des vers malodorants lui sortent du nombril. Donc il est trépassé depuis au moins dix jours. Mais voyez comme il bande. Existe-t-il au monde un cadavre pourvu d'un pareil braquemart ? Tout cela me paraît extrêmement malsain. Qu'en pensez-vous, mes bougres ?

– Laissons-le où il est, répondirent les autres. Nous avons tout à l'heure une vieille à manger. Retrouvons-nous chez elle au coucher du soleil. Nous reviendrons plus tard. S'il est encore là, nous saurons bien qu'en faire !

Le démon approuva d'un grondement brumeux. Ses diables s'en allèrent. Il reprit son chemin.

Dès qu'il fut éloigné, Kunley se mit sur pied et courut chez l'aïeule.

– Femme, la paix sur toi !

Elle répondit, braillant, les mains sur ses joues creuses :

– Misère de mes os ! La paix depuis longtemps n'est plus sur mes cheveux. Ce n'est pas toi, mon fils, qui la ramèneras dans ma pauvre cabane ! Un démon affamé règne sur ce pays. Il croque, il déglutit, il rote et il s'en va. C'est tout ce qu'il sait faire. Il viendra cette nuit et me mangera crue, comme il a dévoré tous les gens du village. Avant qu'il soit trop tard, bel homme, sauve-toi !

– Ménage tes poumons et sers-moi, s'il te plaît, une pinte de bière, dit Kunley, s'asseyant devant le feu mourant.

– Il m'en reste un cruchon, gémit la vieille femme. Bois, et tu mourras saoul. C'est mieux ainsi, peut-être.

Elle attendit le soir accroupie près de l'âtre, le front dans les genoux.

Comme le jour tombait, on entendit gronder si fort devant la porte que des plumes d'oiseaux tombèrent du plafond et que la flamme maigre au bout de la bougie grelotta, vacilla, et se ratatina. Kunley se mit debout.

– Ne bouge pas, dit-il à la grand-mère pâle.

Il sortit sa flamberge. Il bandait comme un roc dans un trou de nuage. Il entrouvrit la porte. Un jet de feu jaillit de son gland rougeoyant, atteignit le démon au milieu de la bouche et déchira ses lèvres, et lui brisa huit dents. Le monstre renversé roula dans les broussailles, hurla, se releva, s'enfuit, les bras au ciel, sous la lune nouvelle. A bout de souffle enfin il s'affala au seuil de la grotte appelée Victoire-du-Lion.

C'était là que vivait la nonne Samadhi. (Kunley avait connu autrefois cette femme. Elle s'était faite nonne au soir de leurs amours.)

– Hé, sainte, cria-t-il, regarde ma figure ! Un démon plus démon que je ne saurais l'être a fait un trou dedans !

La nonne l'ausculta, hocha la tête et dit :

– C'est l'œuvre de Kunley. Son foutre est foudroyant, crois-moi, je l'ai goûté. Rien ne saurait guérir ce genre de désastre.

– Je ne veux pas mourir, gémit l'autre, tremblant. Dis-moi, que dois-je faire ?

– Retourne d'où tu viens. Celui qui t'a blessé doit y cuver sa bière. Promets-lui de ne plus tourmenter les vivants. S'il te prend en pitié, tu auras de la chance.

Le démon s'en revint, tout saignant de la bouche, à la porte où Kunley lui avait fait manger ses lèvres avec ses dents. Il entra à genoux, se prosterna aux pieds de l'errant impassible.

– Voici ma pauvre vie. Je te l'offre, dit-il.

Kunley posa les mains sur sa tête penchée.

– Que ton nom désormais soit Démon-Buffle-Noir. Tu seras ici-bas protecteur des gens simples.

Ce fut dit, ce fut fait. La vieille alla au lit, Buffle-Noir s'en alla rebâtir les villages, et Kunley poursuivit son voyage infini.

La prière de Kunley

D'où venait donc Kunley ? Où allait-il ? Mystère. « Ma source ? disait-il. La vie puissante et sage. Mon avenir ? La vie. Mon épouse ? La vie. Qu'est-ce donc que la vie ? Une force qui va. Et moi, je l'accompagne ! » Ainsi, en ce bas monde, il cheminait sans cesse. Et cheminant, un jour, il rencontra Tenzin.

C'était un vieux perclus par quatre-vingts hivers. Il accueillit Kunley dans sa maison tranquille au plafond enfumé. Il lui servit à boire, et remuant la cendre au fond de l'âtre noir :

– Mes trois fils sont partis, mes filles aînées aussi. Seules demeurent ici la cadette et ma femme. Mon âge se fait lourd et je m'ennuie beaucoup. Je crois que j'ai su vivre. Il faudrait maintenant que j'apprenne à mourir. Enseigne-moi, Kunley, toi qui sais, paraît-il, ce qu'ignorent les livres.

Kunley à petits coups vida son bol de bière, rota pensivement, se gratta le poitrail et répondit :

– Bonhomme, il me vient à l'esprit une sacrée prière. Elle est puissante et sûre. Elle est secrète aussi. Elle est comme un abri tapissé de peaux d'ours ! Tu la répéteras chaque fois que mon nom traversera ta tête. Elle te délivrera des pesanteurs du corps. Écoute.

Il récita :

Que la bite humblement rabougrie du vieillard
soit bénie, elle est mon refuge !
Desséchée, abattue, pareille au bois pourri,
elle est mon refuge béni !

Que la moule mollasse et flasque de la vieille
soit bénie, elle est mon refuge !
Répandue, décatie, fripée, avariée,
elle est mon refuge béni !

Que le dard flamboyant et roide du lion
soit béni, il est mon refuge !
Fier, impavide, franc, dédaigneux de la mort,
il est mon refuge béni !

Que la grotte d'amour parfumée de la fille
soit bénie, elle est mon refuge !
Accueillante au plaisir, libre de toute honte,
elle est mon refuge béni !

Le vieux passa le jour à dire et à redire, puis à son bienfaiteur il servit à manger et tous deux s'endormirent au coin du feu éteint.

Le lendemain matin, quand Kunley eut quitté la maison de Tenzin :

– Père, raconte-moi, dit la fille cadette. Que t'a appris ce fou qui a logé chez nous ?

– Une sainte prière.

– Oh, j'aimerais l'entendre ! Ma mère, approche-toi. Parle, nous t'écoutons.

Tenzin joignit les mains, récita, les yeux clos :

Que la bite humblement rabougrie du vieillard
soit bénie, elle est mon refuge !

Il dit son oraison sans erreur, jusqu'au bout. La cadette faillit en perdre sens et souffle. Elle rougit, les deux mains devant sa bouche ouverte. Elle lâcha :

– Quelle honte !

Elle courut au seau d'eau se laver les oreilles. L'épouse maugréa :

– Ou ton esprit s'embourbe, ou ce diable d'errant s'est amusé de toi. Pauvre homme, a-t-on idée de brailler en famille un pareil chapelet d'inconséquences obscènes ?

– Ce que Kunley m'a dit, femme, je le ferai ! Je suis à l'âge simple où rien ne peut m'atteindre, ni tes ricanements, ni l'aigreur offusquée d'une pucelle triste !

Il ne dit plus un mot jusqu'au repas du soir. Comme l'on s'attablait devant la soupe d'orge, Tenzin piqua du nez et pria derechef.

– Ah non ! cria la fille.

Et l'épouse, effondrée :

– Voilà qu'il recommence !

Elles quittèrent la table, et tremblantes d'horreur s'assirent sur un banc à côté de la porte. Elles convinrent à mi-voix, puisque décidément la cervelle du vieux puait le beurre rance, de lui aménager dans un coin du grenier une chambre sommaire. Tenzin mangea sa soupe. Il avait tout compris de ce qui se tramait à quelques pas de lui. Il prit son matelas, le jeta sur l'épaule et grimpa sous le toit. Il n'en descendit plus. On n'entendit de lui, désormais, nuit et jour, qu'un murmure lointain.

Un matin les deux femmes, en bas, levant le front, écoutèrent, ébahies. Un chant venait d'éclore, en haut, sous la charpente. On aurait dit la voix céleste d'un enfant. Elles montèrent au grenier. Sur le lit n'était rien qu'une lumière blanche. Tenzin n'était plus là, et pourtant il parla. Il dit, la voix ravie :

– Oh, femmes, quel bonheur ! L'oraison de Kunley m'a ouvert le chemin du paradis des purs !

La lumière s'en fut dehors, par la lucarne. Les voisins alentour la virent s'envoler, environnée d'oiseaux, dans le ciel accueillant.

Un temple fut bâti sur le lieu du miracle. Ceux qui vont y prier en sortent, à ce qu'on dit, en riant haut et fort, sans trop savoir pourquoi.

Les amours de Lao

Son nom était Lao. Il était jeune et pauvre. Il vivait simplement dans une maison basse au pied d'une montagne à la cime brumeuse. Il n'en sortait jamais, sauf pour cueillir des fruits sauvages et pour aider quelques légumes à pousser dans son potager. Tous les jours sans relâche il s'exerçait à l'art de la calligraphie. Il écrivait aussi des poèmes parfois, il les chantait au ciel, et quand venait à lui quelque contentement du grand silence bleu où planaient les oiseaux, il rendait grâces à Dieu.

Un jour, dans son jardin, il vit deux papillons sur un plant d'artichauts. Il les trouva si beaux qu'il leur tendit la main. Ils battirent des ailes, et fuyant çà et là disparurent bientôt dans l'ombre d'un feuillage. Lao, émerveillé, accompagna leur vol d'une pensée muette. « Mon jardin est à vous et ma maison aussi, leur dit-il dans son cœur. Je vous accueillerai toujours avec bonheur. » Il composa ce matin-là un chant léger en leur honneur, puis jusqu'au soir passa son temps à des travaux de jardinage.

Comme la nuit tombait il s'assit à sa table, alluma la chandelle et ouvrit son cahier à la page marquée d'une brindille sèche. Alors il entendit dans l'allée du jardin des bruits de pas menus, des murmures, des rires. Il s'en fut à la porte, entrouvrit, risqua l'œil. Deux jeunes filles brunes étaient là, sur le seuil. La plus jeune lui dit :

– Nous sommes venues voir l'homme qui vit ici. Il nous a invitées à lui rendre visite.

Lao les fit entrer, tremblant de crainte vague et de surprise émue, il désigna des sièges, enfin il s'inclina devant elles et leur dit :

– Ma maison, demoiselles, est indigne de vous. Que puis-je vous servir ? Je n'ai dans mon placard pas la moindre liqueur !

Les jeunes filles rirent en se cachant la bouche, puis l'aînée répondit :

– Ami, reprenez donc, par pitié, vos esprits. Hé, n'entendez-vous pas la chouette et les grillons ? Est-ce l'heure où l'on boit en parlant poliment devant quelques vieux livres ? Ignorez-vous vraiment pourquoi nous sommes là ?

Lao, les yeux brillants, à nouveau s'inclina.

– Mon lit, dit-il, est trop étroit pour vos délicates personnes. J'oserai cependant m'y étendre avec vous.

La plus jeune battit des mains.

– Ma sœur, à toi l'honneur, dit-elle. Baisez-vous bien, je veillerai. Je vous souhaite tout le plaisir que j'espère prendre demain !

Lao se dévêtit, l'aînée le fit aussi. Dès qu'ils furent nus face à face elle prit sa figure à deux mains et mordit tendrement ses lèvres en se frottant à son nombril. Il sentit l'âme dans son sang envahir son nerf des délices, et l'enfler, et le dresser droit. Sur elle il accomplit l'ouvrage enthousiaste, donna ce qu'il fallait, prit ce qu'il voulait prendre, sous elle se laissa mener comme dans la houle océane, puis revenu dessus il fonça, défonça, força et enfonça avec une vigueur si vive et obstinée que le soleil levant les surprit à jouir pour la septième fois.

Les filles s'en allèrent avant le déjeuner. Au soir, comme la veille, elles revinrent gratter, en riant, à la porte. Le jeune homme les attendait. Il ne s'attarda pas en vaines politesses.

Tandis qu'il allumait des bâtonnets d'encens l'aînée au bord du lit dévêtit la cadette, après quoi elle s'en fut s'asseoir dans le jardin. La nouvelle amoureuse émerveilla Lao tant elle eut de bontés pour son bâton brûlant. Elle lui fit mille flatteries, l'appela son dard doux, son borgne infatigable, son aiguille à découdre et sa bête au long cou, son chauve capricieux, son bélier, son nageur et son sabre pleureur, son éclaireur de grotte et son gourdin de miel. Chaque nom fut fêté, tous eurent leur baptême. Quand la deuxième sœur fut enfin rhabillée au matin revenu, son aînée prit sa main.

– Je sais, leur dit Lao, que vous n'êtes en rien des humains ordinaires, et je crains de vous perdre. Amies, éclairez-moi. D'où m'êtes-vous venues ?

Les filles répondirent :

– A quoi bon les questions ? N'as-tu pas désormais deux épouses fidèles ?

Elles baisèrent sa joue et soudain disparurent au détour d'un buisson.

Trois ans elles vinrent au crépuscule, trois ans s'en allèrent au matin. Puis un jour des soldats passant par la montagne brûlèrent la maison, et Lao dut s'enfuir. Comme il courait les routes un soir de pluie venteuse il fit halte à l'abri d'un temple abandonné niché parmi les rocs. Pour sécher ses hardes mouillées il alluma de vieilles branches. Il vit alors au mur une fresque écaillée où était peinte de profil, au pied d'un arbre, une déesse. Deux aimables suivantes étaient près d'elle assises. Elles tenaient dans la main chacune un papillon. Lao les reconnut. Elles étaient ses épouses. Elles parurent sourire à la lueur du feu. Il resta auprès d'elles une pleine semaine, il leur parla parfois mais elles ne vinrent pas, à la nuit, le rejoindre. Alors il s'en alla, et les années passant, tandis qu'elles se fanaient sur le mur du vieux temple, elles s'effacèrent aussi dans le cœur de Lao.

Nuki

Nuki vendait de l'alcool sur le marché de Tchen. Elle avait là au coin de la place une échoppe accueillante, quoique minuscule et fort encombrée. Les boissons qu'elle y servait étaient réputées les meilleures de la ville. Nuki était considérée, malgré son apparente fragilité, comme la plus compétente et la plus infatigable des tenancières. Mais bien que désirable et attentive à tous, elle intimidait les hommes. Il leur suffisait de rencontrer la lumière vive et sans cesse amusée de son regard pour savoir qu'elle n'était pas femme à tolérer une main sale sur sa hanche.

Un jour, un Immortel apparut sur le seuil. En vérité, rien ne le distinguait du commun des êtres. Elle le prit pour un simple lettré. C'était l'heure où le soleil éblouissait les flacons sur les étagères. Il entra et commanda un gobelet de liqueur. Il le dégusta en regardant la rue. Après quoi il se leva, il remercia Nuki pour l'excellence de sa maison, et lui dit qu'il n'avait pas le moindre sou. Il lui proposa de lui laisser, en guise de paiement, un livre qu'il tira de sa manche. Elle accepta.

Au soir, quand elle eut mis le volet à sa porte, elle alluma la lampe dans le réduit qui lui servait de chambre, s'assit sur son lit, et tout en dînant d'amandes et de raisins secs elle ouvrit le livre. Elle s'étonna d'abord. L'art des jouissances amoureuses y était abondamment commenté. Elle ignorait qu'on pût écrire sur de pareils sujets. Une sorte de honte émerveillée échauffa bientôt ses joues et ses tempes tandis qu'elle découvrait, tournant les pages d'un doigt mouillé, les manières les plus heureuses de donner du plaisir, d'en recevoir, et de faire de la communion des ventres une source inépuisable de vigueur et de beauté. Les nuits suivantes elle apprit par cœur le texte des cinq chapitres que contenait l'ouvrage. Puis, considérant que le savoir n'était que vaine poussière s'il n'était pas éprouvé par le corps et si les sens n'y avaient point leur part, elle décida de mettre en pratique ce qu'elle avait appris.

Elle débarrassa l'arrière-boutique des flacons vides et poussiéreux qu'elle avait accumulés au cours des ans et aménagea un lieu de rendez-vous secret. Tous les soirs elle invita des jeunes gens à s'exercer avec elle à cet art qu'elle avait vu décrit et précieusement illustré. Elle devint peu à peu l'amoureuse la plus déconcertante et la plus épanouie du monde. Le jour, servant à boire, pas plus qu'au temps de sa chasteté elle ne tolérait les familiarités des audacieux. Le soir, avec celui qu'elle avait discrètement élu, elle abandonnait toute pudeur et cultivait d'insoupçonnables félicités. Elle fit ainsi trente années durant, et non seulement ne vieillit pas, mais parut au contraire jour après jour parée de beautés nouvelles.

Un matin, à l'heure même où il était pour la première fois venu, l'Immortel franchit à nouveau le seuil de la boutique. Nuki le reconnut. Elle savait maintenant qui il était. Il lui sourit. Elle baissa les yeux et sourit aussi. Comme elle lui servait un gobelet de liqueur, il lui dit :

– Je vois que t'ont poussé des ailes.

– Oui, lui répondit-elle. Apprends-moi maintenant à voler dans le ciel.

Elle demeura debout près de lui. Il but, la mine rêveuse,

puis sans se retourner s'en alla parmi la foule du marché. Elle ne prit même pas le temps de quitter son tablier, ni de mettre le volet à sa porte. Elle le suivit. Personne ne la revit jamais, ni à Tchen, ni ailleurs.

Ozumé

C'était au temps des dieux vivants. Dans les oiseaux et dans les tigres, dans l'air bleu, les femmes, les vents, ils étaient partout remuants. Du haut du ciel au fond des jours la déesse Amaterasu en ces temps régnait sur la terre. A son front était le soleil. De ses mains naissaient les matins. Elle était le bonheur des êtres. Il advint qu'elle fut leur souci.

Son frère maître des tempêtes un mauvais soir de fin d'hiver emporta dans son manteau gris la plus aimée de ses servantes. Amaterasu la pleura, mit au front les voiles de deuil. Elle ne voulut plus voir la vie. Dans une caverne gelée elle se fit un lit d'herbes mortes. Entre son visage et le monde elle ferma sa porte de roc. Aussitôt la nuit fut partout.

Les dieux s'inquiétèrent beaucoup. Les hommes aussi, dans les villages. Les Kami, ces génies tordus plus teigneux que fagots de ronces, n'avaient plus le cœur à troubler les vivants d'En-Haut, ceux d'ici. Ils erraient, les yeux affamés, fouillant les ténèbres sans bornes, cherchant çà et là dans l'air noir le moindre grain de jour perdu. Désespérés, pleurant de l'encre, ils cherchèrent bientôt refuge sous les seins fermes d'Ozumé. Elle était déesse des sens. L'amour avait pétri ses hanches. Ils lui dirent :

– Aie pitié de nous ! Rends-nous la lumière du jour ! Toi qui sais tout de l'art d'aimer, fais sortir Amaterasu de la tanière où elle s'étiole !

Leurs mains caressèrent ses cuisses, son ventre, ses fesses charnues, la poussèrent vers la caverne où était le soleil reclus.

– Va, Ozumé, séduis la porte, fais que le rocher se réveille, et te désire, et roule à toi ! Fais qu'il nous rende le soleil !

Ozumé se mit à danser. Les yeux brillants, la bouche humide, caressant ses tétons durcis elle entrouvrit le haut des jambes, se mit à gémir et chanter le chant des douleurs délicieuses, la musique du fond du corps, la prière des bêtes tendres. Le ciel s'emplit de sa rumeur, tandis que ses doigts s'égaraient dans la chaude bouche d'en bas et s'enfonçaient, dansaient aussi, arrachaient des cris à la gorge. Les Kami, alentour, hurlèrent, envahis soudain de désir, de rage puissante et joyeuse. Ils se mirent à battre des mains, à cogner le sol du talon, à tournoyer, le dard brandi. Ils virent la nuit apeurée. Ils virent pâlir des étoiles. Ils partirent d'un rire énorme.

Sur son lit de feuillage mort Amaterasu s'éveilla, se dressa et tendit l'oreille. Ce tohu-bohu l'étonna. Elle risqua l'œil par une faille. Ozumé et sa compagnie virent sortir du roc un rayon de lumière aussi fin qu'un fil d'araignée. Trois Kami aussitôt bondirent, un miroir au bout de leurs bras. Ils le tendirent à l'œil du jour. La recluse se vit dedans, mais elle ne se reconnut pas. Elle crut voir, dehors, sa rivale. « Quelle femme, quelle déesse plus belle que je ne peux l'être règne désormais sur la vie ? se dit-elle, le cœur poigné. Oh, m'a-t-on déjà oubliée ? » Elle ouvrit la porte de roc. L'ombre aussitôt s'enfuit au loin. Le soleil rouge se leva sur les forêts, sur les villages, sur les rivières et sur les monts.

Ozumé s'en alla dormir comme le font les courtisanes à l'heure où s'ouvre l'œil de l'aube. Elle est depuis ce temps leur sainte bien-aimée, leur protectrice et confidente, elle qui sait nuit après nuit allumer au secret des lits le soleil noir des jouissances.

Les nuits étranges de monsieur Song

Song vivait sur une colline, dans une maison au toit bleu. Sa femme était d'une tendresse à faire pleurer l'amandier penché sur le pas de sa porte. Pourtant il n'était pas heureux. Son cœur était tempétueux. Qui vit secrètement dans l'homme, de l'autre côté de sa peau ? Quel ogre, quelle bête fauve, quel dieu ? Le saura-t-on jamais ? Song n'avait qu'un ami : l'alcool. Il buvait, courait les bordels, rentrait à l'aube en chantant faux. Sa belle épouse délaissée perdait peu à peu sa lumière et son cœur se refroidissait comme un feu qu'aucun souffle n'aime.

Un jour mouillé de fin d'automne un esprit-renard s'installa dans cette maison malheureuse. Les mauvais génies sont ainsi, l'odeur du chagrin les attire. Il se mit à briser les cruches, à déchirer les vêtements, à jeter le riz dans les cendres, bref à troubler ce qui restait de tranquillité ménagère. Or, un soir, vint un voyageur.

– Mon frère Song est-il chez lui ? Belle-sœur, je viens de la ville et j'aurais aimé lui donner des nouvelles de sa famille.

Madame Song baissa la tête. Elle n'osa dire au visiteur dans quelles turnes malfamées son époux traînait ses sandales. Elle s'inclina, le fit entrer, lui offrit la soupe et la viande, le lit de la deuxième chambre, et s'en fut enfin se coucher.

Or, ce soir-là, l'esprit-renard avait répandu dans son bol la poudre d'un aphrodisiaque que son mari, ce vieux pourri, emportait au fond de sa poche quand ses lunatiques bamboches l'amenaient au bal des putains. Vers minuit, un feu ravageur malgré elle écarta ses cuisses. Elle supplia ses dieux et diables de jeter quelqu'un sur son corps. Ne vint que le bruit de la pluie, le chant de l'eau dans la gouttière. Alors pieds nus elle se leva et s'en fut, la chemise ouverte, à la chambre où était l'ami. Elle dit, la bouche à la serrure :

– Monsieur, baisez-moi, je vous prie, l'envie me consume le ventre.

L'invité, dedans, s'exclama, grogna quelques jurons sonnants, dit enfin en cognant du pied :

– Votre pauvre époux est mon frère. Que le chagrin me pétrifie si j'ose le trahir chez lui !

Dame Song s'empoigna les tempes. Le froid du couloir réveilla son esprit barbouillé de songes. Elle pensa, courant au hasard, çà et là dans la maison vide : « Qu'ai-je fait, Seigneur, qu'ai-je fait ? Comment survivre désormais, après une honte pareille ? Comment affronter les miroirs ? Avant l'aube il me faut mourir ! » Elle noua sa ceinture au cou, elle se hissa sur une chaise, et comme elle tendait au plafond son corps, sa tête renversée, ses deux poings aux jointures pâles :

– Holà ! As-tu perdu l'esprit ?

Son mari venait de rentrer. Elle s'évanouit dans ses bras. Il la porta jusqu'à son lit, la coucha, lui frotta les jambes et souffla sur ses doigts bleuis. Sanglotante, elle avoua tout. Il l'écouta, hocha la tête. Les larmes aux yeux il répondit :

– La faute à moi. Je suis un monstre. J'ai troué de partout ta vie.

Elle baisa chaudement ses mains. Elle sourit. Il sourit aussi, puis s'en fut à la chambre d'hôte. Le visiteur était parti.

De ce jour Song vécut fidèle, honorable et gavé d'amour. L'esprit-renard quitta les lieux. Dix ans passèrent, gris et bleus. Madame Song, un jour d'hiver, ouvrant ses volets à la neige vit trois corbeaux sur l'amandier. Le froid la prit. Elle frissonna. Elle mourut avant le printemps. Son époux s'en trouva brisé. Un mois durant, malgré les arbres et l'herbe qui reverdissaient il erra de chambre en cuisine comme un mendiant dans le désert. Un soir, tandis qu'il sanglotait près de l'oreiller de l'absente, son épouse vint dans le lit.

– Est-ce toi, ma morte, est-ce toi ?

– C'est moi, mon époux, serre-moi, caresse ta femme fantôme. Oublie tes peines désormais. Toutes les nuits je reviendrai.

La brume au matin l'emporta. La brume au soir la ramena.

Après un an d'étrange amour la famille de monsieur Song voulut qu'il prenne femme neuve. L'épouse qu'on lui présenta riait de rien, elle était vive, ses seins étaient charnus et chauds. Il l'accueillit dans la maison. Elle épousseta les armoires, ranima le feu mal vivant, fit briller les pots et les vases, enfin s'en fut se glisser nue sous la couverture brodée. Alors la morte se dressa, droite et sévère, au pied du lit.

– Femme, va-t'en ! C'est là ma place !

L'épouse bondit hors des draps, bravement fit face et cria :

– Ta place est au pays des morts ! Ton homme est désormais le mien !

L'une rugit, l'autre grinça. L'une lança ses griffes pâles, l'autre gifla, cogna du front. Les deux sur le plancher roulèrent, s'écharpèrent toute la nuit tandis que Song, pelotonné dans un angle obscur de la chambre, priait les mille dieux du ciel d'emporter hors de sa maison ces glapissements de harpies, ce fantôme affamé de vie, ces corps vivants mêlés de mort. L'aube vint enfin, simple et calme. L'évanescente se défit. La jeune épousée se dressa, ne combattant plus qu'elle-même, puis, haletante, s'apaisa. Monsieur Song la prit aux épaules, et sans pleurer sur son passé lui dit ce qu'il avait osé, un an durant, avec la morte.

Le jour même tous deux s'en furent au cimetière où elle était. Aux quatre côtés de la tombe ils plantèrent quatre pêchers. Les défunts n'aiment pas les pêches. La morte ne revint jamais. Après sept jours mélancoliques monsieur Song, repu de passions, de faux bonheurs, de combats noirs et de désirs déraisonnables, se fit ermite sur un mont et ne parla plus qu'aux nuages qui passent sans laisser d'empreintes sur les vastes chemins du ciel.

Won-Hyo

Une cabane au feu modeste auprès d'une cascade, un vieil arbre penché, la forêt alentour où bruissaient les oiseaux, là vivait le bonze Won-Hyo. Un soir, comme le vent tourmentait les ténèbres, il entendit au loin une femme appeler. Won-Hyo était assis les mains sur les genoux devant une chandelle, et ses yeux étaient clos. Il contemplait le vide et la nuit de son être, infiniment paisible et pauvre infiniment. Il fut déconcerté par ce cri misérable qui venait de trouer les tremblantes fureurs de la bourrasque. « Comme je suis fragile et faible, se dit-il. Comme il suffit de peu pour chasser Dieu de moi ! » Depuis longtemps il s'estimait semblable à la branche de l'arbre soumise aux caprices du vent. Parfois il fuyait ce lieu obscur de son corps où n'était rien que la bienheureuse tranquillité d'une présence sans forme, parfois il s'y plaisait comme au cœur d'un miracle, jamais il n'avait pu s'y tenir fermement, hors d'atteinte des illusions et des ruses du monde.

La voix se fit proche soudain.

– Maître Won-Hyo ! Par pitié, maître Won-Hyo, ne me laissez pas dehors !

Il se dressa d'un bond, il s'en alla ouvrir. Une bouffée d'averse s'engouffra dans la cabane, éteignit la chandelle.

– S'il vous plaît, puis-je entrer ? Voyez, je suis perdue, j'ai froid, je n'en peux plus.

Le regard suppliant, la bouche grelottante, elle serrait à son col son maigre vêtement. Won-Hyo ferma derrière elle la porte et l'attira dans la lueur du feu.

Elle était jeune, belle. Sous sa robe mouillée apparaissaient sa peau, la forme de ses seins, la courbe de ses hanches.

– Je suis glacée, dit-elle. Voulez-vous me frotter les jambes et les épaules ?

Il la fit s'allonger sur une couverture, s'agenouilla près d'elle et se mit à l'ouvrage. Il s'aperçut bientôt qu'il tremblait, lui aussi. Point de froid : il suait. Ses mains, contre son gré, s'attardèrent longtemps à la tombée des reins. Il ferma les yeux. Il pensa : « Je dois demeurer maître de mes sens, et d'abord apaiser mon souffle. » Il s'entendit gémir. La fille soupira sous sa poigne précise. Il se courba jusqu'à baiser sa nuque, et soudain s'arrachant au désir aveuglant il gronda, se dressa, s'éloigna, titubant. Il ne voyait plus rien qu'un brouillard bourdonnant. « Où va mon âme ? », se dit-il, terrifié comme s'il avait perdu son enfant désarmé dans la tempête. Il fut pris, brusquement, d'une soif étouffante. Il chercha de l'eau dans la cabane. La cruche sur la table et le bol étaient vides. Il sortit. La pluie avait cessé. Il courut droit devant parmi les arbres noirs. Il trébucha, tomba, la face dans les herbes. Sa main palpa de l'eau. Il but et but encore. Elle était délicieuse, amicale, apaisante. Son corps jusqu'au tréfonds en fut émerveillé. Il poussa un soupir et d'un coup s'endormit.

Un chant d'oiseau le réveilla. Mille soleils vifs tombés des feuillages le firent cligner. Il faisait grand jour. Il frotta ses yeux, regarda autour. Il vit de-ci de-là des carcasses de bêtes emplies d'eau croupissante où remuaient des vers. Dans la nuit aveugle, c'était au creux d'un de ces cadavres qu'il avait plongé sa bouche goulue. Il resta stupide à les contempler, puis lui vint soudain une joie semblable au matin nouveau. « Seigneur, se dit-il, Seigneur, j'ai compris ! La satisfaction de toutes les soifs est là, dans le cœur. Ma foi crée le monde ! Si ma foi me dit que cette eau est pure, elle l'est, je le sais ! Elle l'est, je l'ai bue ! Si ma raison vient derrière mes sens et la voit pourrie, aussitôt elle l'est ! De même est cette belle femme que la bourrasque d'hier a conduite chez moi : vie parmi les vies si je la vois telle, et je sers la vie, objet de désir si mes sens gouvernent, et je me sers, moi, bestiole illusoire, et l'amour me fuit, et la paix aussi ! »

Il s'en revint à la cabane. La fille semblait évanouie devant le feu mourant. Elle ne bougeait pas. Elle respirait à peine. Il s'allongea sur elle, l'étreignit et la caressa puissamment en murmurant contre sa bouche d'infatigables mots de force et de lumière. Elle se mit à geindre, son souffle s'échauffa. Comme elle s'éveillait, au cœur de Won-Hyo vint une joie fière qu'il n'avait jamais éprouvée. Il se releva et s'en alla prendre un bain dans la cascade.

Il la vit bientôt sortir devant la porte. Elle s'était mise nue. Elle lui demanda si l'eau était fraîche. Il se détourna. Elle lui lança, rieuse :

– Les filles vous font peur, maître Won-Hyo ?

Il osa la regarder. Il se tint un instant immobile, puis s'approchant vaillamment d'elle il pointa l'index sur ses seins arrogants. Il dit :

– Tout est là, dans le cœur.

Alors la femme s'inclina et tout à coup parut s'évaporer. A sa place ne fut plus qu'une lueur à forme humaine, puis cette lueur se mit à monter vers la cime des arbres. Tandis qu'elle s'éloignait de lui :

– Tout est bien, Won-Hyo, dit-elle. J'étais simplement venue t'aider à trouver ce que tu cherchais.

Elle disparut. Alors Won-Hyo s'agenouilla, il rendit grâces, et le cœur en paix il s'en fut à ses travaux quotidiens.

Si ce soir la lune est cachée
le tintement de mes bracelets te dira le chemin.

Pose ta bouche sur la mienne,
mais laisse libre ma langue pour te parler d'amour.

Si l'amour est triste, pourquoi si douces sont ses peines ? S'il est doux, pourquoi est-il si cruel ? S'il est cruel, pourquoi tous le désirent-ils ?

La peur est un verrou.
Brise-la et sors dans le jardin où l'amour t'attend.

En amour, impossible est impossible.

Le cœur d'une femme
ne bat pas seulement sous le sein gauche.

Si tu ne sais pas pourquoi il t'aime, son dard te le dira.
Si tu ne sais pas pourquoi tu l'aimes, il te le dira aussi.

Mieux sont torrents de vie que pieuses processions et cœurs brûlés d'amour que vertus poussiéreuses.

Si fille veut,
elle se donnera même au travers d'une porte clouée.

L'heureuse amante
réjouit Dieu.

Océanie

Les premières amours du monde

De l'immensité vide, un jour avant les jours, descendit le premier de nos pères humains. Son nom était Rangi. Il était vaste et beau. Qui le voyait l'aimait. Notre mère Pèpa pressentit sa présence. Elle sortit de la terre. Elle vint à sa rencontre. Elle le vit. Il la vit. Le désir aussitôt leur échauffa le ventre. Leurs bouches se baisèrent, et leurs poitrines aussi, et leurs sexes s'unirent.

Dix temps avant le temps sur leur lit de nuées l'un de l'autre ils jouirent, et sans que leur étreinte un instant se dénoue, de leurs corps accolés naquirent les premiers vivants de ce bas monde : Rongo, Tangaroa, Tané, Tu-l'Irrité, Haumia et Tawiri. Ils restèrent longtemps dans les ténèbres chaudes, sommeillant sans souci au creux des ventres joints, puis leur vint peu à peu des envies remuantes. Ils voulurent étirer leurs bras, leurs jambes fortes, et repousser du front ces obscurités lourdes qui les tenaient ployés. Ils s'agitèrent en vain. Tu-l'Irrité gronda :

– Ces amants effrénés m'étouffent. Je veux vivre. Ô frères, tuons-les !

– Rangi est notre père et Pèpa notre mère, leur vie nous est sacrée, lui répondit Tané-Père-des-Bois-Feuillus. Frères, essayons plutôt de séparer leurs corps !

Ils l'approuvèrent tous, sauf Tawiri-le-Fou, père des

Quatre-Vents, qui s'estimait content dans les bercements lents de la houle amoureuse.

Rongo-Père-des-Champs, Tu et Tangaroa-Père-des-Paysages essayèrent d'abord. Suant, soufflant, geignant, les yeux exorbités ils poussèrent des pieds, du crâne, des épaules. La Terre soupira, le Ciel gémit à peine. Rangi resta couché sur Pèpa son aimée. Alors Tané planta fermement ses talons dans les flancs de sa mère, s'accroupit, empoigna les hanches de son père au-dessus de sa tête et se dressa d'un coup. Rangi gémit, là-haut :

– Ma femme, je te perds !

Pèpa cria, en bas :

– Mon époux, tu me fuis !

Et Tawiri-le-Fou père des Quatre-Vents hurla qu'il avait froid, que l'on ferme la porte et que le jour naissant entre les ventres humides épouvantait ses yeux.

S'agrippant à Rangi, pleurnichant sur Pèpa il maudit les vivants qui partout se dressaient dans la lumière neuve, et regardaient le Ciel, leur père, s'éloigner, et regardaient leur mère à leurs pieds se couvrir de ruisseaux et de lacs, de forêts et de landes. Il souffla la bourrasque, il déchaîna la grêle, il répandit la brume et la rosée gelée. Ainsi vint le temps gris, après le long temps noir. Enfin Tawiri s'épuisa, et les hommes sortis de l'abri des cavernes saluèrent le jour, embrassèrent leur femme et s'en allèrent aux champs, leur fils sur les épaules.

Entendent-ils parfois Pèpa la Terre-Mère et Rangi le Haut-Ciel s'appeler tendrement, quand l'aube sort de l'ombre ?

– Oh Rangi, dit Pèpa, oh mon époux aimé !

Et montent des nuées de sa bouche amoureuse.

– Oh Pèpa, dit Rangi, oh femme désirée !

Et la terre frémit, inondée de rosée.

Dieu est là où est l'amour.

Au-dessous du nombril
toutes les religions se ressemblent.

Supprimer le désir pour ne penser qu'aux nécessités ?
Autant se couper les pieds
pour n'avoir plus besoin de chaussures.

L'homme est feu, la femme étoupe,
et le diable souffle en croupe.

Chaque femme a deux cœurs.
Pour planter ton poignard,
choisis celui d'en bas.

Pourquoi a-t-on fait l'amour aveugle ?
Parce qu'il voit ce que l'œil ne voit pas.

Si tu veux arrêter l'amour,
essaie d'abord avec le vent.

Quand l'amant court vers son aimée
il ne laisse pas de trace sur la neige.

L'amour est comme un œuf
sur la pointe d'une corne.

Même le diable a ses droits

Amériques

La blessure

C'était au temps des âmes grises et des peurs inconsidérées. Les femmes demeuraient où la rivière s'ouvre et les hommes plus haut, où le torrent rugit. Se rencontraient-ils quelquefois ? Jamais. Ils se fuyaient avant. Chacun dans son village ils s'ignoraient autant que le roncier d'ici et le buisson d'ailleurs. Dieu, paraît-il, avait voulu que les choses soient ainsi faites. Il advint qu'il le regretta.

Un jour un garçon sur la rive aperçut une fille au loin qui s'en venait à sa rencontre. Pourquoi s'en étaient-ils allés hors de leur hutte familière au même instant, sous l'œil d'En-Haut ? Pour se laver de l'ordinaire, pour être seuls avec le ciel, avec la terre ensoleillée, avec leurs battements de cœur. Du moins le croyaient-ils. Ils n'avaient pas senti la main du Créateur qui les menait ensemble.

L'herbe était tendre, tiède, et tous deux étaient nus. Dans la lumière bleue où riaient les oiseaux ils marchèrent jusqu'à se joindre. Ils s'arrêtèrent face à face, ils s'entre-regardèrent un moment, bouche bée, puis le garçon dit à la fille, désignant, l'œil inquiet, sa fente au bas du ventre :

– Il semble que tu sois blessée.

L'autre lui répondit, craintive, embarrassée :

– Blessée ? Je ne sais pas. J'ai toujours eu cela.

Le garçon se pencha, ouvrit du bout du doigt, sous le nombril, les lèvres. Il vit, dedans, du rouge. Il dit :

– C'est une plaie. Mieux vaudrait la soigner avant qu'elle ne s'infecte.

La fille répondit :

– Pourtant, je n'ai pas mal.

– Tu dois te reposer. Allons jusque chez moi. Nous montrerons cela aux grands-pères qui savent.

Il prit sa main et l'entraîna.

Jusqu'aux premières huttes ils ne parlèrent pas, puis les hommes accourus leur ouvrirent un chemin de questions étonnées, de rires, de grands gestes. Au seuil de la maison chacun resta muet, l'œil avide et le cou tendu, tandis que le garçon entrait dans la pénombre et menait sa compagne à son lit de feuillage. Il la fit s'allonger, courut chercher les vieux. Ils vinrent avec leurs talismans et leurs baguettes magiciennes. Ils se penchèrent gravement, palpèrent devant et derrière. Ils grommelèrent enfin :

– Que faire ?

Le garçon répondit :

– La blessure est profonde, il nous faut la fermer. Peut-on laisser mourir ce ventre, ce visage ? A la nuit j'irai voir l'Esprit de la forêt. Je lui demanderai une idée secourable.

Au soir il s'en fut donc. L'Esprit le conduisit aux plantes qui guérissent. Il revint au matin chargé d'herbes, de fleurs, de racines terreuses. Il alluma son feu, prépara des bouillons, composa des onguents, pétrit des cataplasmes. Il en badigeonna les cuisses, le nombril et la brèche bizarre. Elle ne se ferma point. Les hommes, tous les soirs, s'en venaient aux nouvelles, et s'ils souffraient de quelque mal il arrivait qu'ils goûtent aux sèves et aux essences, aux emplâtres, aux tisanes. Aussitôt leurs plaies s'effaçaient, leurs verrues s'écaillaient, leurs furoncles séchaient. Ainsi fut peu à peu trouvé remède à tout. Mais la fille restait avec sa fente au ventre et le garçon ému d'amour déconcerté interrogeait son cœur, perdait le goût de vivre. Une nuit, las d'attendre et d'espérer en vain, il s'en fut à nouveau à la forêt voisine.

Il pria haut et fort l'Esprit compatissant de l'inspirer encore. Alors, comme il errait sous les feuillages obscurs, un tapage de singes effraya les buissons, soudain, dans les ténèbres. Le dos courbe il fit halte, il se tint à l'affût. La lune se pencha sur le bord d'un nuage. Un gorille apparut dans sa lueur dorée. Il le vit s'accroupir sur un corps de femelle aux cuisses grandes ouvertes, empoigner rudement son bâton de chair crue et d'un coup de reins le plonger dans le mystère d'entrejambe. « Par les dieux orphelins qui m'ont servi de père, s'écria dans son cœur le jeune homme ébahi, ce n'est pas une plaie, c'est une grotte chaude, un tunnel à plaisir, un calice, un verger, une fournaise fraîche, une cité d'amour ! » Un rire extasié le tint là, jusqu'à l'aube, à offrir à la nuit les mille et mille noms qui désignent ici-bas le sexe de la femme.

Il revint au village. Il assembla ses frères aux quatre coins du lit. Il dit :

– Soyons heureux. J'ai trouvé le remède à la blessure rouge.

Il fit là, devant tous, ouvrage d'amant simple, une fois par plaisir, une fois par amour, une troisième fois pour que nul n'oublie rien, puis les hommes coururent au village des femmes. Ils les soignèrent toutes. Elles ouvrirent les jambes avec enthousiasme. Il y avait tant et tant de lunes que sans oser rien dire elles sentaient leur puits vivant mélancolique ! Dieu, au ciel, fut content. Ses enfants, désormais, pouvaient aller sans lui. Ils avaient découvert, outre l'art d'enfanter, le chemin tortueux de l'amour véritable qui sait faire (lui seul) d'une erreur un miracle, et d'un souci pour rien un remède pour tout.

Lune

Lune, en ces temps lointains, vivait sur notre terre avec Soleil son père et sa sœur, seule fille au village des hommes. C'était un jeune mâle à la belle figure, au corps luisant et dur, aux désirs véhéments. D'obscures rêveries le tenaient éveillé, la nuit, dans son hamac. Il arrivait souvent que son bâton de chair le prenne par la main et le mène en secret à des arbres troués. Il s'enfonçait en eux, les yeux clos sur ses songes. Il aurait préféré l'étreinte d'une femme, mais il n'en était d'autre, au pays, que sa sœur qu'il ne pouvait aimer. Il l'épiait parfois, les tempes bourdonnantes.

Or, un soir tiède et lourd, Lune rêva trop loin. Le silence régnait dans les huttes alentour, sur le sentier désert, dans les feuillages obscurs. A quelques pas de lui cette sœur désirée était offerte, nue, aux bonheurs du sommeil, la joue au pli du bras et les jambes entrouvertes. Autour d'elle dormaient des hommes, des enfants. Le cou dans les épaules et l'oreille aux aguets, courbé sur son nœud raide à pleine main tenu, Lune s'approcha d'elle. Il lui toucha les seins, le nombril, l'entrecuisse. Elle gémit, elle s'ouvrit. Il s'allongea sur elle.

Au matin il s'en fut, et sa sœur s'éveilla. Elle pensa : « J'ai aimé. » Son corps se souvenait d'un corps puissant et lisse au sexe furibond, et dans sa bouche étaient des saveurs étrangères, des souvenirs de râles et de halètements, mais elle n'avait rien vu de son amant nocturne. Jusqu'au soir elle chercha parmi les hommes un signe, un regard, un aveu. Aucun ne fit bondir son cœur dans sa poitrine. Son frère était parti chasser dans la forêt. Quand il réapparut, le village dormait. Sur la pointe des pieds Lune sortit de l'ombre, jeta dans son hamac son sac et ses habits et s'en revint flairer le ventre aimé la veille, et se coucha dessus, et à nouveau plongea dans ses délices noires.

Le lendemain sa sœur s'en fut au bord du fleuve. Elle avait encore joui. Elle demeura longtemps à regarder dans l'eau son visage penché. Au dernier feu du soir elle prit sous les tisons une poignée de cendres. Elle s'en frotta les mains, elle s'en fut se coucher et attendit l'assaut de l'être énigmatique. Il vint. Elle l'accueillit avec emportement. Elle caressa ses joues, son front, sa nuque ferme, puis elle s'abandonna à son dard délicieux. Elle s'endormit joyeuse. A l'aube elle devina un dos large fuyant dans la brume fragile. Elle sourit. Elle pensa : « Je vais savoir, enfin. » Comme le soleil neuf dispersait les nuées, elle entendit la voix enrouée de son frère. Parmi les rires il dit :

– Qu'ai-je donc sur le nez ?

Elle sortit sur la rive où se lavaient les hommes.

Elle vit Lune ébahi, agenouillé dans l'eau, contemplant sa figure. Il ne comprenait rien à ces barbouillements dont il était souillé.

– Oh, misère ! dit-elle. Oh, frère, qu'as-tu fait ?

Il se dressa, honteux, hagard, épouvanté, courut à la forêt en se griffant la face. Seuls des cailloux lancés un instant le suivirent. Il disparut dans l'ombre humide du sous-bois. Les hommes ricanèrent :

– Il reviendra bientôt.

Mais nul ne le revit. Cent jours, cent nuits passèrent.

Alors Père Soleil, fronçant ses sourcils blancs, ordonna qu'on le cherche. Trois sorciers s'en allèrent.

Ils le trouvèrent mort. Au pied d'un arbre rouge ils virent son squelette. Ses doigts étaient noués sur son crâne blanchi, sa face était enfouie dans des feuilles pourries. Ils s'assirent dans l'herbe, allumèrent leur pipe, revêtirent les os de verdures nouvelles et soufflèrent dessus leurs bouffées de tabac. La chair revint au corps, la vie revint aux membres, la bouche soupira et les yeux étonnés regardèrent le jour.

– Voilà l'horrible porc de retour parmi nous, dit le plus vieux des trois.

– Oh, c'est un nouveau-né, il ne se souvient pas qu'il a baisé sa sœur, répondit le deuxième.

Et le plus jeune dit :

– Ton père veut savoir pourquoi tu t'es enfui.

Lune fut ramené au village des hommes.

Père Soleil savait. Il attendait son fils au seuil de sa maison. Sa barbe et ses cheveux incendiaient l'air bleu autour de son visage. Il dit :

– Regarde-moi pour la dernière fois. Je te donne la nuit, puisque tu l'aimes tant. J'espère t'oublier.

Lune s'enfuit au ciel, où il demeure encore. Avez-vous remarqué ces taches sur sa face ? Sans cesse il se contemple dans les fleuves, les lacs. Il leur dit :

– Lavez-moi !

– C'est là ta honte, ô fils, lui répondent les eaux. Qui pourrait l'effacer ?

Les flûtes de Yurupari

Où demeure Yurupari ? Dans le grand fleuve de la vie. Où se trouvent ces eaux fécondes ? Là où terre et ciel se rencontrent, à l'horizon toujours fuyant devant ceux qui veulent l'atteindre. Nos ancêtres premiers vivants se mirent un jour en long chemin vers ce lieu où le soleil tombe. Ils voulaient voir Yurupari. Leur désir était si puissant qu'ils parvinrent à l'inaccessible.

Ils firent halte sur la rive, laissèrent tomber leurs bâtons. Ils virent dans l'eau transparente glisser un serpent silencieux. Son corps était de sept couleurs. Ils lui chantèrent une prière. Alors du courant bleu où était cette bête un homme sortit, ruisselant. Sa figure était redoutable. Dans ses yeux était l'arc-en-ciel. Ses mains parlaient, son cœur aussi. Sa voix semblait venir d'une ombre plus vaste que l'air alentour. C'était Yurupari. Il dit à nos ancêtres :

– J'ai médité. Voici pour vous : ne couchez plus avec vos femmes, sinon je vous dévorerai.

Ils eurent peur, se révoltèrent.

– Quoi, dirent-ils, nous priver d'elles ? Misère de nos sexes durs !

– Fuyons ailleurs ! Changeons de monde !

– Tuons ce monstre !

– Brûlons-le !

Sur un lit d'arbres morts ils le firent s'asseoir. Ils prirent place autour, mirent le feu aux branches. Une flamme pointue vêtit Yurupari des sept couleurs du monde. Il brûla. De ses cendres un long roseau naquit. Dans ce roseau les premiers hommes taillèrent la flûte sacrée. Ils ne surent pas en jouer.

En ce temps-là, qui gouvernait au village de nos ancêtres ? Mère-Maîtresse-de-la-Terre. Elle vivait seule dans sa hutte, sur un mont au-dessus des bois. Elle savait tout des lois profondes, décidait des joies, des douleurs, du destin des enfants à naître, de la fortune des chasseurs, du mal de dents, des morts prochaines. Les hommes enviaient ses pouvoirs. Un matin de ciel pur ils allèrent la voir.

– Tante, béni soit ton savoir ! Vois, nous allons à la rivière. Comment convaincre les poissons d'entrer sans crainte dans nos pièges ? Nous avons faim, tante, aide-nous !

Mère-Maîtresse répondit :

– Suivez-moi, je vais vous apprendre à capturer qui vous voudrez.

Ensemble ils allèrent à la rive. Elle entra dans l'eau jusqu'aux seins.

Alors un homme derrière elle se glissa, il se fit serpent, plongea entre ses jambes nues, et s'enroulant à ses chevilles tira la Mère par le fond. Elle battit l'air, ouvrit la bouche, fit jaillir l'écume au soleil. Elle perdit le souffle et la vue, elle voulut crier, elle but trop, et son esprit quitta sa tête. Deux hommes la prirent aux épaules, deux autres empoignèrent ses pieds. Ils la portèrent sur la berge, lui firent un oreiller moussu, sur l'herbe couchèrent son corps. Ils s'agenouillèrent autour d'elle.

Ils la craignaient peut-être encore, elle qui ne pouvait plus rien. Ils lui écartèrent les cuisses, se penchèrent sur sa toison. Le sang battait fort dans leurs tempes. Ils regardèrent le puits rouge, le palpèrent, les doigts tremblants. Un homme dit :

– Là est sa force.

Un autre d'un bout de bâton mesura les lèvres fragiles, la fente par où vient la vie. Quand ce fut fait ils la couvrirent. Ils chantèrent un chant guérisseur.

– Que m'est-il arrivé ? dit-elle.

Les hommes ensemble répondirent :

– Notre tante est tombée dans l'eau, nous l'avons portée sur la rive, l'esprit lui est sorti du corps, nous avons pleuré pour qu'elle vive, et la revoici parmi nous !

Ils s'en retournèrent au village. Maîtresse-de-la-Terre avait honte. Elle pleurait. Les hommes avaient ouvert ses jambes, ils lui avaient pris ses pouvoirs.

De leur roseau du bout du monde ils firent une flûte nouvelle. Ils lui taillèrent un bec pareil à cette étrange et tendre bouche que cachaient les cuisses fermées. Alors son chant fut assez beau pour attirer le ciel sur terre, pour que la terre s'ouvre au ciel, pour qu'ils dansent ensemble, et qu'ils s'aiment. Ô Seigneurs des mille univers, que seriez-vous sans la musique des flûtes de Yurupari ?

Le Veuf-par-delà-l'Océan

Qui fit les choses comme elles sont ? Le Veuf-par-delà-l'Océan. Il avait sa maison sur la rive du monde où naissent les eaux grises. Ce qu'il vécut avant d'être le Père Veuf, s'en souvient-il lui-même ? Le fin fond de sa vie est l'aube de la nôtre. Nous sommes nés le jour où son épouse est morte.

Quand il la vit couchée, la détresse envahit son souffle, son regard, son cœur, ses quatre membres. Il s'avança dans l'eau, hurlant, les bras ouverts, à l'immensité noire :

– Que vienne sous mes pas une terre solide !

Une terre monta, ruisselante, hors des vagues.

– Que vienne à moi quelqu'un ! Vivre seul m'épouvante ! Je veux voir, caresser, parler, entendre, aimer !

Comme ses pleurs mouillaient sa barbe et sa poitrine il vit entre ses pieds jaillir une eau nouvelle, il la vit s'élever jusqu'à son front froissé, il la vit se changer en visage de femme, épaules, seins de femme, hanches, nombril de femme.

– Encore ! cria-t-il à l'être à demi fait. Jusqu'aux ongles des pieds je veux te voir vivante !

Et cette eau se changea en sexe, fesses, cuisses, en femme droite et nue. Elle regarda le Veuf. Il regarda son corps. Il lui plut. Il lança un long jet de sperme dans la brume et de la brume vint un homme jeune et beau, le premier de ses fils. Il les mit tous les deux dans la même maison, alentour créa l'herbe, et les arbres, et les fruits, les lièvres, les élans, les cerfs, les écureuils. Il peupla de poissons les fleuves, l'océan. Il mit au monde enfin les tribus, les villages. Il contempla son œuvre. Alors sa verge eut soif de merveilles nouvelles.

Il parcourut la terre. Le feu de son désir était si véhément qu'un regard suffisait à planter un enfant dans un ventre de femme. Qu'il en trouve quelqu'une à la grotte accueillante et son rugissement faisait jouir le monde, on riait sur la mer, la pêche était heureuse. Parfois, pour attirer les filles hors des maisons, il faisait apparaître un daim dans un torrent. Si elles restaient chez elles enfermées, méfiantes, il remuait le ciel, les nuages grondaient, les chasseurs se perdaient dans les forêts désertes, les épouses veillaient devant les feux éteints, les enfants disputaient aux chiens les os brûlés.

Or il advint un jour que ce vieux Père Veuf se prenne de passion interdite et violente. Il osa désirer sa propre belle-fille, la femme née de l'eau offerte à Premier-Né, son fils puissant et sage. Il se coucha sur elle un soir que son époux appelait au secours sur la cime d'un arbre aux branches emportées par un coup de bourrasque. Qui avait fait grimper le jeune homme là-haut, parmi les nids de pies, par magie malfaisante, et qui avait voulu que les démons du vent l'empêchent de descendre avant le jour venu ? Son père, le vieux Veuf, afin qu'il ait son temps avec sa désirée.

Quand Homme Premier-Né revint au point du jour de sa haute tempête, il vit sur le chemin son propre fils errant, un carquois dans le dos, un arc tendu au poing. L'enfant était aveugle. Il tirait des oiseaux absents dans le ciel vide, et des oiseaux pourtant tombaient morts dans son sac qu'il tendait au hasard. Son père vint à lui. Il le prit aux épaules.

– Mon fils, mon bien-aimé, qu'as-tu fait de tes yeux ?

– J'ai vu grand-père Veuf sur le corps de ma mère. Il m'a vu lui aussi. Il a brandi son dard, il a craché le lait de son ventre à ma face. Depuis je ne vois plus ni terre ni soleil.

Premier-Né prit l'enfant, courut à la maison. Le Veuf ouvrit la porte, et voyant là celui qu'il avait mis au monde avec son petit-fils, il eut honte et pleura. Aucun mot ne fut dit. Il partit tête basse, et comme il s'éloignait, il se fit le serment d'être chaste à jamais.

Il s'en alla vers l'océan. En chemin, çà et là il rencontra des femmes. Elles étaient belles, nues. Toutes s'offrirent à lui. Toutes il les repoussa. Il en vit une enfin, au bord des eaux salées. Elle était magnifique. Il ne put résister au désir effréné qui l'emporta vers elle. Il pensa : « La dernière », et sa verge raidie s'enfonça puissamment entre ses jambes ouvertes. Alors elle referma sa caverne velue, et le tenant ainsi le ramena chez lui, par-delà l'océan.

Il fit les choses comme elles sont. Il nous fit tous comme nous sommes. Hommes, femmes, c'est notre père.

Le Fripon

Le Premier-Né sortit du ventre de la Terre. Il était beau autant que laid, il était aussi fou que sage, cruel ou généreux selon l'humeur passante, partout comme chez lui, sans cesse cheminant. Les hommes de son temps le nommèrent Fripon.

Un jour, comme il vagabondait, l'herbe tendre d'un pré l'incita au repos. Dans la verdure il se coucha, croisa sur son nombril ses doigts et s'endormit. Quand il se réveilla, il se sentit frileux. Son ventre était à l'air. Il n'avait plus sur lui sa couverture rouge. Il se frotta les yeux. Il vit, haut dans le ciel, flotter une bannière à la cime d'un mât. « Sans doute, se dit-il, à quelques pas d'ici est un village en fête. Étrange. Je n'entends ni trompes ni tambours. » Il s'assit à demi, s'appuya sur les coudes, et resta bouche bée à regarder devant.

Ce n'était pas un mât qu'il voyait là dressé, c'était son braquemart, sa broche, sa flamberge, son pieu de viande crue ! Et posé sur le gland, tutoyant les nuées, ce drapeau fier au vent, c'était sa couverture ! Il lui cria :

– Descends !

Puis, grondant son fougueux à deux mains empoigné :

– Frère, tu me fais honte. Allons, reviens à moi.

L'autre, penaud, se ramollit, mais ne raccourcit pas d'un

doigt. Il était aussi long que vingt serpents pythons embrochés bout à bout. Le Fripon l'enroula sur sa large poitrine et, maugréant, reprit son chemin hasardeux.

Sur le coup de midi un lac lui vint devant. Il vit des filles nues dans l'eau ensoleillée. Elles riaient, s'ébattaient, s'aspergeaient en piaillant comme mille moineaux. Premier-Né prit son gland (il lui pendait au cou) et lui grogna dessus :

– Parle plus fort, l'ami, je n'ai rien entendu.

Il le mit à l'oreille. Il partit d'un grand rire.

– Oh certes, je comprends. Tu veux jouer à deux, chiffonner une femme, allumer le flambeau dans la caverne obscure ! Fort bien, je te l'accorde, mais c'est moi qui choisis. Vois celle-ci, là-bas, qui se lave le ventre à l'écart de ses sœurs. C'est la fille d'un chef. C'est elle qui me plaît. Va, petit frère, va !

Le jouisseur fringant aussitôt déroulé s'en fut droit sur la plage et plongea dans les vagues.

– Ahi, l'impétueux, il les embroche toutes ! Halte ! Reviens, frérot ! cria le Premier-Né.

L'autre s'en retourna. Le Fripon arracha trois cheveux de son front (ils étaient aussi forts que trois lianes vertes), empoigna un rocher, l'attacha au fin bout de son battant brûlant.

– Va, maintenant, dit-il, et fais ce que tu dois.

Le boute-joie s'en fut, traînailla son boulet jusqu'à la rive bleue, se laissa choir dans l'eau et coula par le fond. Le Fripon dit :

– Trop lourd.

Il ramena le roc, il le fendit en deux et noua la moitié au milieu de son chauve.

Aussitôt le long dard s'en alla gambadant, fendit l'eau scintillante, éclaboussa les femmes. Elles s'enfuirent, éperdues. Le monstre fureteur se faufilant entre elles agrippa le mollet de la fille du chef, grimpa le long des cuisses fraîches et s'enfonça dans les dedans. La belle épouvantée appela ses compagnes. Elles vinrent à son secours, la saisirent aux épaules, aux fesses, aux jambes, aux bras, mais ne purent l'ôter de l'instrument vorace. Les pères, les époux accoururent à leur tour, tirèrent en ahanant, poussèrent, s'acharnèrent. Aucun ne put chasser la bête hors de son trou.

Alors vint une vieille. Elle s'avança dans l'eau en grognant qu'on s'écarte, enfin palpa l'outil entre les cuisses ouvertes, hocha la tête et dit :

– Je connais ce mandrin, c'est celui du Fripon. Allez-vous-en, mes fils, je vais l'amadouer.

Elle retroussa sa jupe, elle enfourcha l'outil, et se couchant sur lui elle le serra contre elle en chantonnant tout doux :

– Sois sage, Premier-Né, oh terreur innocente ! Retire-toi, sinon prends garde à mes humeurs. Mes griffes sont tranchantes et mes crocs déchirants !

Le Fripon ramena sa longue enflure borgne en maugréant comme un enfant.

Il était le fils de la Terre. Il ne savait pas que sa mère venait de le réprimander. Il était faible autant que fort, téméraire et pourtant peureux, indécis, mais il allait droit. Il savait tout, mais l'ignorait.

Comment le Fripon créa les légumes

Le Premier-Né marcha longtemps dans le monde aux lumières neuves avec autour du cou, des épaules, des reins son bagage à plaisir. Dans la plaine infinie était une forêt. Il y entra, humant les ombres. Et comme il cheminait sous les soleils mouvants qui trouaient les verdures, il entendit chanter dans les feuillages hauts :

– Que vois-je ? Un homme nu ! Que porte son échine ? Un fardeau lourd et long ! Et quel est ce fardeau ? Son dard, son voltigeur, son bâton boute-feu !

– Silence, malotru ! lui cria le Fripon. Qu'as-tu vu ? Rien du tout. Mon dard ? Un petit doigt. Mon fardeau ? Le vent simple. Esprits de la forêt, n'écoutez pas ce fou !

Un rire cascadant dégringola d'en haut. Le Fripon poursuivit son chemin forestier, le regard fureteur, l'air faussement léger.

A peine avait-il fait cent pas dans la feuillée que la voix ricana dans un buisson touffu :

– Hé, j'avais oublié tes grosses couilles rouges ! Oh, comme elles se balancent ! Oh, comme elles sont joufflues !

Le Premier-Né pensa : « Faut-il qu'il sache tout de mon beau corps tout neuf pour avoir découvert ce que je veux cacher ! » Il fit halte et scruta, l'œil mi-clos, les broussailles.

– Ridicule Fripon, reprit la voix moqueuse, tu les portes trop haut ! Et ce gland affalé dont je te vois coiffé, quel étrange bonnet !

L'autre, rageur, bondit sur le buisson bavard. Une queue d'écureuil lui frôla les mollets, disparut prestement dans un tronc d'arbre creux.

– Attrape-moi ! couina joyeusement la bête.

Le Premier-Né brailla :

– Je ne souffrirai pas plus longtemps tes insultes ! Honte sur toi, menteur ! Brigand ! Couard poilu ! Bâtard de branche morte !

Il prit en main son borgne et lui dit :

– Mon tout beau, va débusquer ce monstre. Écrase-lui le crâne et dévore ses yeux !

L'autre se faufila au travers des feuillages, il entra vivement dans le tronc vermoulu, flaira, fouilla, palpa, ne trouva rien que l'ombre humide, s'enfonça plus avant. Cet antre, apparemment, était un puits sans fond. Haut et bas, droite et gauche avalèrent le dard sans que ne soit atteint ni museau d'animal, ni plafond, ni paroi.

Le Fripon retira son instrument vengeur et resta ébahi à contempler ses cuisses. Il ne lui restait plus sous le nombril velu qu'un bout pendant, penaud, et tout juste plus long qu'une queue de lézard. Il gémit :

– Mon frérot ! Oh ! Ma flèche d'amour !

Et revenant à l'arbre en moulinant des poings :

– Montre-toi, assassin !

Il abattit le tronc, dénicha l'écureuil, l'estourbit d'une gifle et découvrit enfin dans les miettes de bois son petit frère en tas, tranché en quartiers courts.

– Pauvre pioche à plaisir, quelle pitié tu fais ! dit-il en contemplant ses reliefs misérables.

Il pleura quelques gouttes, il releva le front, et la voix raffermie :

– Se plaindre est inutile et sot, dit-il encore. Donc,

puisque par malheur me voilà débité, que mes bouts de battant servent au bonheur du monde.

Il en saisit un, le jeta. Où il tomba naquit le premier artichaut. Il reprit son chemin, semant de-ci de-là ses tranches d'aiguillon. De chacune sortit là un haricot nain, là un plant de tomates, un navet, un radis, une pomme de terre. Ainsi furent données aux premiers jardiniers les plantes comestibles. Ainsi le Premier-Né fut pourvu d'un bourdon comme nous avons tous.

Comment le Fripon se fit femme

Le Premier-Né allait son chemin sur la terre. Et donc, errant sans but, content, vivant pour vivre, un jour il rencontra au détour d'un fourré un renard argenté qui flairait le vent frais.

– Petit frère, dit-il, je te vois indécis. As-tu perdu ta route ?

– Grand frère, en vérité, répondit le renard, ce monde est effrayant. Je cherche un lieu où vivre avec un compagnon qui m'aiderait, bon an mal an, à traverser les mauvais temps.

– Tes paroles m'émeuvent, ami, dit le Fripon. J'aimerais moi aussi une maison bien close, un aimable compère et du ciel bleu sur nous. Si nous allions ensemble ?

– Allons, dit le renard.

Ils s'en furent tous deux, tranquilles, devisant des choses de la vie.

Vers l'heure de midi, ils rencontrèrent un geai. Il couinait pauvrement sur une branche basse au-dessus du chemin. Le Premier-Né lui dit :

– Tu sembles fatigué.

– Je le suis, répondit l'oiseau. Ce monde est invivable et je me sens bien seul.

– Viens avec nous, l'ami, nous cherchons un toit sûr et des frères fidèles.

– Volontiers, dit le geai.

Tous les trois s'en allèrent.

Ils rencontrèrent un pou. Il se laissait porter par la brise du soir. Le Fripon lui tendit un doigt. Il se percha au bout de l'ongle.

– Menu vivant, dis-moi. Cherches-tu toi aussi un refuge douillet ?

Le pou, ébahi, répondit :

– Comment diable as-tu deviné ?

– Va dans mon sourcil droit, tu ne seras plus seul.

A la nuit ils parvinrent au bord d'une rivière. Il y avait là des chênes au feuillage luisant.

– Cet endroit vous plaît-il ? demanda le Fripon.

– Parfait, dit le renard.

– Splendide, dit le geai.

– J'y sens Dieu, dit le pou.

Ils se bâtirent une cabane, y passèrent l'été, l'automne, s'empiffrant de fruits de saison.

Vinrent l'hiver, la neige muette et le froid couleur de couteau. Plus une baie, plus une feuille, plus la moindre viande à ronger. Un soir qu'ils grelottaient ensemble :

– Petits frères, les temps sont durs, dit le Fripon au bout d'un silence sinistre. Je connais un village où grillent tous les soirs des côtelettes d'ours. Le fils du chef est un chasseur aussi précis qu'impitoyable. Il cherche femme, paraît-il. Je vais changer de sexe et me faire épouser. Ainsi nous aurons à manger.

Il appela devant la porte un élan qui passait par là. L'autre vint à lui, trottinant. Le Fripon le tua, l'ouvrit, lui prit le foie, le changea en bouche d'en bas, se la colla sous le nombril, puis lui arracha les rognons et s'en fit deux seins frais et ronds. Le pou, le renard et le geai lui taillèrent un beau vêtement de cuir souple orné de coquilles.

– Suis-je belle ? dit le Fripon.

– Si belle, répondit le pou, que je me sens des envies troubles.

– Baise-moi, petit, baise-moi.

Ils roulèrent sur la paillasse, firent ce qu'homme et femme font.

– Pou, hâte-toi, gémit le geai, voyant besogner son compère. Moi aussi je veux chevaucher !

Le pou jouit, laissa la place. Le geai vivement s'accola. Le renard poussa le museau entre les pattes de l'oiseau.

– A moi, dit-il, la gorge rauque.

Quand tous trois, la langue pendante, se furent retirés du lit :

– Allons, enfants, dit le Fripon.

Ils s'en furent droit au village.

Les compères du Premier-Né précédèrent au seuil des cabanes l'ondulante et fière beauté qui s'en venait là, sans bagages. Ils menèrent si grand tapage que le chef, sa fille et son fils vinrent dehors, l'œil allumé.

– Voilà l'épouse qu'il te faut, dit le père à son rejeton.

– Voilà la belle-sœur qui convient à tes filles, lui répondit, le cœur tonnant, l'intrépide célibataire.

On sortit les tapis de table, on attisa les feux, on hissa les bannières. A la belle on offrit un râble de lapin, des côtes d'ours grillées et des bols de maïs. Le festin dura tout l'hiver. Quand le temps fut venu, le Fripon accoucha de trois fils chevelus. Puis un soir de printemps, fatigué d'être femme, il quitta le village avec ses compagnons.

Ils marchèrent longtemps. Ils étaient revenus à leur première errance. Ils espéraient un toit, n'en trouvaient nulle part. Parvenus à l'endroit où se joignaient deux fleuves le Premier-Né s'assit et dit au pou, au geai, au renard argenté :

– Pour la dernière fois, frères, dînons ensemble. Ce soir je rejoindrai le pays d'où je viens.

Ils mangèrent, se dirent adieu. Le Fripon s'en fut cheminant entre les nuages et la terre.

Dieu règne sur le plus haut monde, le Premier-Né sur le deuxième. Le troisième est à la Tortue, le quatrième est celui du Lièvre. Nous y vivons, bon an mal an.

Comment Coyote prit épouse

C'était une vieille sorcière, son cœur était un fruit pourri. Elle avait deux filles aussi belles que le soleil dans l'eau glacée. Elles ne vivaient pas au village. Quand ils parlaient d'elles en secret, les jeunes gens disaient « là-bas ». Tous désiraient ces beautés froides. Beaucoup les avaient poursuivies jusqu'au fond de leur maison brune. Aucun n'en était revenu.

Coyote un jour dit à sa mère :

– Mon ventre a soif. Je vais là-bas.

– Mon fils, méfie-toi de ces femmes ! Fais ce que tu voudras chez elles, mais surtout ne les baise pas. La mort niche dans leur trou bas !

– Sornettes, répondit Coyote. Prends le deuil si tu veux, moi je vais au plaisir !

Il s'en fut en riant.

La vieille l'accueillit sur le pas de sa porte avec mille manières et sourires tordus.

– Entre donc, mâle magnifique. Prends tes aises, assieds-toi. Mes filles, venez vite ! Ranimez donc le feu, faites rôtir des viandes, apportez des chaussons et de l'eau parfumée !

Coyote s'installa. Il défit sa ceinture et se mit à dîner de langues de bison et de cuisses de lièvre. Les filles autour de lui ondulèrent des hanches et lui servirent à boire entre chaque becquée en effleurant du bout des seins ses mains, sa bouche, son visage. La cabane s'emplit de musiques rieuses. Vint minuit. Coyote bâilla.

– Couche donc entre mes deux filles, lui dit la vieille, il fait si froid ! Elles te tiendront le cœur au chaud !

Il se sentait d'humeur folâtre, mais son œil du dedans veillait.

La sorcière s'en fut dans un recoin ombreux. Il s'allongea sur la litière. Les filles se déshabillèrent devant le foyer rougeoyant puis vinrent sous la couverture. D'un moment on n'entendit plus que le grésillement des braises. Coyote enfin sentit un souffle contre sa tempe chevelue. La cadette lui murmura :

– Prends garde à nos ventres, bel homme. Notre bouche d'en bas, comme celle d'en haut, est armée de trente-deux crocs. L'autre fille n'est pas ma sœur. La sorcière n'est pas ma mère. Elle m'a faite prisonnière et m'a ensorcelée. Mets ta main sur mon cœur. Sens-tu comme il bat fort ? Je t'aime. Je ne veux pas te voir mourir comme ont péri les pauvres diables venus avant toi dans ce lit. Écoute, et méfie-toi. Entends-tu ce bruit aigre ?

L'autre lui répondit :

– J'entends.

– Nos dents grincent dans leur chatière.

Coyote voulut fuir. Il pensa, frissonnant : « Vite, mes armes, ma ceinture, mes bottes, mes jambes à mon cou ! » Des mains agrippèrent sa nuque.

– Homme fort, roucoula l'aînée, laisse-moi te faire plaisir ! Palpe mes seins, mords-moi la bouche, griffe-moi, écartèle-moi, donne-moi de méchantes joies !

Coyote d'un bond se dressa, prit une bûche au bord du feu, l'enfonça rudement entre les cuisses offertes.

– Enfin un homme, un vrai ! s'écria la bougresse. Ahi, comme il me fouille ! Ahi, comme il est dur !

Copeaux et brins de bois lui jaillirent du puits vorace. Le bâton débité par la chatte goulue se trouva bientôt court comme un os d'oisillon. Coyote alors prit son couteau, le plongea dans le cœur de l'effrénée gourmande et s'en fut à la vieille. Il lui trancha le cou. Après quoi, satisfait, il essuya sa lame et dit à la cadette :

– Tu m'as sauvé la vie. Je t'épouse. Fuyons !

– Seul mon cœur peut aimer, lui répondit la fille. Si tu me baises, hélas, mon trou dévorera ta belle branche rose et je ne pourrai pas survivre à ce malheur.

– Il y a remède à tout. Couche-toi sous la lampe et oublie tes chagrins.

Il lui ouvrit les jambes. Il arracha les dents qui ornaient l'abricot. Toutes furent jetées çà et là dans la hutte sauf une, usée, menue, qu'il laissa seule au nid. Il nomma celle-là : le piment du plaisir.

C'est ainsi, paraît-il, que Coyote prit femme et que l'amour sans crocs vint enfin à la vie.

Le cauchemar

Au milieu de la nuit, Iktomé, haletant, se dressa sur sa couche en grognant comme un ours. Il épongea son front. Il secoua Coyote endormi près de lui. L'autre se réveilla, ahuri, les yeux ronds, tourna partout la tête.

– Hé ? Quoi ? C'est le matin ? Déjà ? Qu'est-ce qui se passe ?

– Frère, lui répondit Iktomé, grelottant, dis-moi que tout va bien, que nous avons dîné ensemble tout à l'heure, que nous avons trop bu et que je sors intact d'un simple cauchemar.

– Un cauchemar ? Tu es sûr ? Moi qui dormais si bien ! La peur est un venin. Crache-le. Pauvre Ikto ! Raconte à ton ami, tu te sentiras mieux.

– J'ai rêvé que j'étais caché dans un buisson. Des jeunes filles étaient au bord de la rivière, à quelques pas de moi. Frère, j'aurais aimé que tu voies ces beautés ! Même le vieux soleil, dans les arbres, en tremblait.

– En fait de cauchemar, mon coquin, j'ai vu pire.

– L'une d'elles a ôté sa robe et ses chaussons. Elle est entrée dans l'eau, les seins au creux des mains. Un miracle vivant d'innocence perverse !

– J'aimerais bien, parfois, des cauchemars pareils, dit Coyote, rieur. Tu me le vends ? J'achète !

– Comme je regardais sa croupe offerte au vent, mon gros doigt d'entrejambe a voulu prendre l'air. Il a bondi dehors, je l'ai vu s'allonger dans l'herbe, les cailloux, traverser le chemin. Compère, sans mentir, j'avais un frétillant de trente pas de long.

– Je suis un bon rêveur. Pourtant, vieux sac à poux, je ne me souviens pas d'un rêve aussi aimable !

– Le mignon a plongé parmi les vaguelettes éblouies de jour neuf. Il s'est un peu frotté au ventre de la fille, il a, mine de rien, baisoté sa toison. Elle a eu l'air d'aimer. Alors il a foncé dans la grotte à bonheur.

– Oh le fourbe, il m'excite ! Et l'on appelle ça, chez toi, un cauchemar ? dit Coyote, l'œil vif, la bave au coin des lèvres. Tu m'en mets vingt par nuit, en vrac, dans ma besace, et je t'offre ma place au paradis d'En-Haut !

– Un roulement sinistre a soudain empli l'air, poursuivit Iktomé. J'étais, à trente pas de mon gland fureteur, à cet instant précis où l'homme crée le ciel, la lune, les étoiles, et braille que c'est bon. J'ai vu sortir trop tard d'une bouffée de brume un chariot attelé à huit chevaux furieux. Un Blanc à grand chapeau sur le banc du cocher faisait claquer son fouet en hurlant comme un loup. C'était la diligence. Elle est juste passée entre la fille et moi.

– Ouille ! C'est un cauchemar. Un vrai. Indiscutable. Houlà que ça fait mal. Je retire mon offre. Iktomé, maintenant raconte à ton Coyote un rêve simple, heureux. Invente si tu veux, qu'importe, j'ai besoin. La nuit est longue encore et j'ai peur dans le noir.

Iktomé le faraud

Assis dans un coin du tipi, Iktomé regardait sa femme. Il grognait du nez, le front bas. Il pensait : « C'est une vieillarde. Son haleine pue l'eau croupie. Elle est ridée comme une noix. Ses seins pendent. Deux outres flasques. Baiser ce sac d'os ? Non merci. Mon héroïsme a des limites. Une ardente au cul dégourdi, une charnue, une jeunette, un fruit de saison frais cueilli, voilà ce que mon cœur exige, et parbleu, je dois l'écouter. » Sa vieille triait des légumes. Elle savait bien ce qu'il pensait. Elle se disait, l'œil en dessous : « Regardez-moi ce vieux babouin ! Il s'imagine besognant quelque couche-toi-là-j'arrive. L'escroc ! Je le connais par cœur. Il s'y voit, le fourbe ! Il en bave ! Et il n'est même pas capable de me fourrer le merle au nid une fois toutes les dix lunes. Patience, mon beau, je t'aurai. »

– J'ai du travail, dit Iktomé.

Elle répondit :

– J'en étais sûre.

Il sortit, humant l'air léger.

Comme il allait par le village il aperçut, tressant ses nattes devant son tipi en peau d'ours, une fille aux grands yeux rieurs. Des clochettes tintaient autour de ses poignets. Ses doigts étaient gracieux comme des oiseaux-mouches. Il eut presque, à la contempler, le vertige des hautes cimes. Il prit un grand souffle. Il pensa : « Voilà ce qu'il me faut. Parole d'Iktomé, je coucherai ce soir avec cette merveille. »

– Jeune fille, bonjour à toi. Ton tipi abrite une reine.

« Beau début », se dit-il, content. Elle eut un rire d'hirondelle. Il poursuivit, clignant d'un œil :

– Mon habit est plein de surprises. En veux-tu ? Je t'en donnerai.

La fille rit et rit encore.

– Cette nuit, ma beauté, je viendrai te rejoindre. Tiens-toi sur la litière à gauche de la porte. Je me glisserai près de toi.

Elle rit à s'en mouiller les yeux.

– Je suis, sans me vanter, un amant valeureux. Tu n'oublieras jamais, ma gazelle de miel, le plaisir qui t'attend !

Elle rit à en perdre le souffle. Elle pensait : « Ce vieux est cocasse. » Et Iktomé : « Elle rit ? C'est bon. »

– Je dois partir, dit-il en resserrant d'un cran sa ceinture de daim sur son ventre replet. Ma belle, à tout à l'heure !

Du seuil de son tipi sa femme avait tout vu, presque tout entendu, en tout cas tout compris. A peine l'époux disparu, un œil à droite, un œil à gauche, elle s'en vint à la beauté brune.

– Ne me dis rien, je sais. Il t'amuse ? C'est bien. Moi, ma fille, il m'enrage. Écoute. Cette nuit tu me prêtes ta place, et moi jusqu'à demain je te laisse mon lit, ma couverture rouge et mon rôti de cerf.

– Tu as un beau collier.

– Il te plaît ? Je te l'offre.

– Entre, tu es chez toi, minauda la joyeuse.

A l'heure du hibou, comme chacun chez soi ouvrait sa boîte à rêves, rampant à l'aveuglette Iktomé s'avança, palpa la couche tiède, effleura dans le noir le corps nu de sa vieille.

– Jolie fille, c'est moi, Ikto, ton amoureux.

Un roucoulement doux accueillit son murmure.

– Oh, ce souffle odorant ! Au diable les relents nauséeux de ma femme ! Oh, ma fraise des bois !

L'obscurité gloussa.

– Oh, ces seins drus et fermes ! Oh, ces tétons raidis ! Et moi qui n'ai connu que les sacs pendouillants de ma vieille coquine ! Oh, je me sens revivre !

Un rire de ruisseau lui cascada dessus.

– Oh, le feu de ces cuisses ! Oh ma louve ! Oh, c'est bon ! J'ai si longtemps baisé un fagot de bois mort !

Un pépiement grinçant lui troua les oreilles.

– Et tu mouilles, oh, merveille ! Oh, juteuse groseille ! Oh, désert conjugal, pourquoi m'as-tu laissé si longtemps assoiffé ?

Un long hululement mêlé d'insultes rares émerveilla ses sens.

– Je jouis ! Oh, mon ciel ! Ma voie lactée ! Ma lune !

Il s'abattit, rompu, dans l'humide chaleur d'un souffle ricanant. Il reprit ses esprits.

– Alors, dit-il, heureuse ?

Sa compagne de lit s'esclaffa de plus belle. « Elle glousse ou elle ricane, elle roucoule, elle pépie, pensa le vieux faraud. Par la bouche d'en haut elle est sotte à mourir, mais sa bouche d'en bas dit assez bien les choses. »

– Bon, je m'en vais, dit-il. Je reviendrai ce soir.

Le temps qu'il baguenaude un peu dans le village, chacune des deux femmes avait rejoint son nid. Au seuil de son tipi :

– J'ai une faim de loup ! cria le revenu.

Son épouse bondit de l'ombre avec un bâton moulinant. Le premier coup fut pour son crâne.

– Ah mon haleine pue ! Répète, vieux péteux !

– Yayay ! Holà, du calme !

– Ah mes tétons sont flasques ! Et ça, dis, c'est comment ?

– Pas si fort, tu me tues ! Ouille ! Mon cœur ! Mon épaule !

– Ah je suis un fagot à l'entrecuisse pâle !

– Pas le dos ! Au secours ! Je t'en supplie ! Ahi !

Il s'en fut en traînant une patte hors d'usage, une main sur les reins, une autre cherchant Dieu. Il courut jusqu'à la rivière, s'assit, pensa : « Réfléchissons. L'évidence s'impose, épouvantable et simple. J'ai couché cette nuit avec ma vieille peau. La brute ! Elle m'a trompé. Hé, mon sens du toucher si subtil d'ordinaire a d'inquiétants ratés. A l'avenir, prudence. Et pour l'instant, mon bon, de la diplomatie. Retournons sans tarder à nos nécessités. »

Il s'en revint chez lui.

– Allons, faisons la paix, dit-il, les bras ouverts. Le soleil te va bien, le sais-tu, ma mignonne ? Oh, voyez ce minois ! Tu es vraiment jolie. Radieuse, c'est le mot. Coquine, ne nie pas. Avoue que ton Ikto t'a donné du plaisir. Allons, embrasse-moi.

Et flairant l'alentour :

– Qu'y a-t-il ce matin au petit déjeuner ?

L'innocente

Il était un jour une jolie fille. Elle était pucelle. Elle ne savait rien du bâton vivant que tout homme cache au plus chaud de lui. Le vieil Iktomé bavait de la voir onduler des hanches et cueillir des fraises en offrant ses seins aux papillons blancs. Mais comment baiser cette immaculée sans l'effaroucher ? Le désir peut tout. Il ferait d'un âne un inventeur d'astres ! « Ikto, réfléchis, se dit l'allumé. Elle connaît les femmes, ignore les hommes. Allons à son bord. Je vais me vêtir en petite mère. Je pourrai ainsi l'embobeliner sans qu'elle pense à mal. » Il s'attifa donc d'une longue robe et d'un bracelet en dents de souris.

Ce jour-là le monde avait les yeux bleus. Le soleil riait dans le ciel limpide, la rivière aussi. Iktomé s'en fut le long du rivage. Il trouva bientôt la petite sœur. Elle était assise à l'ombre d'un arbre. Elle se déchaussait.

– Quel beau temps, fillette ! Oh, j'ai mal au dos !

– Mère, paix sur toi ! Tu veux traverser ?

– Oui, dit Iktomé. Traversons ensemble.

La fausse et la vraie, l'une suivant l'autre, en troussant leur robe entrèrent dans l'eau.

– Oh, dit l'ingénue, oh, mère, tes jambes, comme elles sont velues !

– Le poil vient aux vieux, c'est l'âge, ma fille !

Le courant monta. Iktomé hissa sa robe plus haut.

– Oh, mère, tes cuisses, comme elles sont frisées !

– Signe de vertu ! Sois bonne, ma fille, un jour tu auras de ces beautés-là !

L'eau monta encore. Iktomé noua sa robe au nombril.

– Oh, mère, ce doigt qui pend sur ces boules ! Je n'ai jamais vu pareil ornement !

– Par magie méchante un sorcier jadis me l'a collé là. J'en souffre, ma fille. Oh, j'aimerais bien m'en débarrasser !

– Mère, coupe-le !

– Le couper ? Hélas, le sort l'interdit, il n'est pas coupable ! Je sais le moyen de l'apprivoiser, mais je n'ose dire !

– Mère, quel est-il ? Parle, n'aie pas peur.

– Il faudrait, ma fille, enfoncer ce dard dans ta fente obscure.

– Mère, enfonce donc ! Soulager autrui fait plaisir à Dieu !

– Oh, fille accueillante ! Oh, ma parfumée ! Là-bas sur la rive allons nous coucher !

Sur l'herbe Iktomé lui ouvrit les jambes et poussa l'outil dans le four secret.

– Oh, mère, j'ai mal ! La chose grossit !

– Tu prends ma douleur, ma fille, merci !

– Oh, je m'habitue, va, ma mère, va !

Iktomé jouit dans un long cri rouge, ôta son petiot du puits délicieux.

– Oh, mère, voyez, il a rétréci !

– Point encore assez, je crains qu'il regonfle. Ma fille, prends-le dans ta main menue. Sens-tu comme il vit ?

– Mère, il faut encore éreinter la bête. Le sort est puissant. Soyons courageuses et dures au malheur.

Elle ouvrit les cuisses, elle remit le sabre au fourreau mouillé.

– Mère, prends ton temps, j'aime de la sorte aider mon prochain.

Iktomé poussa un grognement sombre et jouit encore.

– Mère, regardez, la chose a fondu. Elle ne bouge plus. Elle pleure du nez.

– Fille, je la sens qui repart en guerre. Oh, la délurée ! Oh, la turbulente !

– Mère, ne crains pas, tu connais la route, je te soignerai tant qu'il le faudra.

La troisième fois fut lente et plaisante. Enfin Iktomé s'affala, repu.

– Fille, c'est assez. Rentrons au village. Je ne souffre plus. Me voilà guéri.

– Mère, c'est dommage. Oh, j'aime ton mal ! Reviens donc sur moi !

Le quatrième coup fut long et pénible. Il en vint à bout le regard vitreux. « Assez de ces femmes au ventre affamé ! Ce soir, mille dieux, je me fais ermite », se dit Iktomé.

Le fantôme

Ce jeune homme-là, beaucoup l'enviaient. Il était si beau ! Ses yeux étaient obscurs comme la nuit sans lune, pourtant les jeunes filles en étaient éblouies. Elles voyaient le matin, quand il les regardait. Il parlait peu aux gens. On le disait hautain. Il paraissait sans cesse occupé d'autre chose. Il avait en lui cette force que les vieux appelaient « médecine d'élan ». Il n'était pas sorcier, mais envoûtait les êtres. Quand sa flûte chantait, à la tombée du jour, au bord de la rivière, les oiseaux l'écoutaient, les grillons se taisaient, et le vent s'apaisait, et les nuages même au ciel s'alanguissaient. Si quelque jeune femme entendait sa musique, un bonheur douloureux envahissait son corps. Était-elle à jouer avec ses frères et sœurs, ses amies, son époux, elle cessait de parler, son rire se brisait, son regard s'en allait, elle ne pouvait tenir son esprit dans son corps, et ses pieds l'emportaient vers le beau dédaigneux au bord de la rivière.

De qui tenait-il ce pouvoir ? Personne ne pouvait le dire. Il l'avait peut-être trouvé sur son chemin d'avant la vie, au temps où ses parents ne le connaissaient pas. Il avait le cœur sec comme un roc au désert. Tout le monde voyait qu'il n'aimait pas les femmes. Il aimait les séduire. Il aimait cet instant où elles s'offraient à lui, où il les réduisait fièrement à merci. Mais il se lassait vite. Une nuit suffisait à vider son désir. Dès le soleil levé il se détournait d'elles, ou s'il les regardait c'était avec mépris.

Un soir on remarqua son absence au village. On s'inquiéta de lui. Tous étaient revenus de la chasse au bison, sauf lui, le beau joueur de flûte ensorcelante. On retrouva son corps le lendemain matin dans l'herbe, au bord du lac. Quelques corbeaux planaient autour de son cadavre. Il était à plat ventre et les bras grands ouverts, une flèche plantée entre les deux épaules, à la place du cœur. Nombreux étaient les pères, les frères, les maris qui haïssaient cet homme. On le ramena chez les siens, on lui mit son plus bel habit, on le chaussa de mocassins aux semelles ornées de prières, on dressa le bûcher funèbre, enfin on le posa dessus et chacun s'en revint à sa vie ordinaire.

On ne prononça plus son nom, on voulut oublier le mal qu'il avait fait, mais quelqu'un du village avait troué son corps. Comment n'y plus penser ? Une nuit, brusquement, les chiens autour des feux se mirent à hululer. Les coyotes leur répondirent, au loin, dans les collines. Chacun baissa la tête et se tint aux aguets. On savait qu'un fantôme errait entre la brume et les premiers tipis. On entendit soudain, dans la brise, une flûte, puis une pauvre voix que chacun reconnut, et cette voix chanta :

J'ai joui tant de fois sur tant de filles nues !
J'ai si froid maintenant, oh mes sources vivantes !
Qui me consolera, pauvre âme revenue ?
Je ne sais qui je cherche et je chante, je chante !

Toute la nuit ce chant revint, s'éloigna et revint encore. Quand le vent l'emportait, on se croyait enfin tranquille, délivré, mais sans cesse il le ramenait avec une vigueur nouvelle, et les filles enfonçaient les doigts dans les oreilles pour ne pas se laisser corps et âme envahir et courir au secours de l'être inguérissable et lui offrir leurs bras, leur bouche, leur chaleur.

Au soleil revenu les hommes décidèrent d'aller camper ailleurs. La prairie était belle et le fleuve accueillant, mais comment demeurer dans un pays souillé par un homme qui, même mort, ne pouvait apaiser sa famine de femmes ? Il n'a pas suivi les vivants. Où est-il maintenant ? Dieu, peut-être, le sait, mais lui, sûrement pas. Il faudrait, pour savoir où est son vrai chemin, qu'il aime un être humain, ou du moins quelque chose, une bête, un caillou. Mais pourra-t-il jamais ?

Au cœur du bois le plus touffu
le désir a toujours trouvé où planter son arbre de vie.

Désire tout.
Désire le désir.

L'amour est le seul bien
que le partage augmente.

On peut tout faire du bout des lèvres.
Même l'amour.

Homme et femme
une seule âme.

La femme est téméraire,
mais le Créateur aime la témérité que l'amour inspire.

Aime-la,
et tu verras le ciel dans le creux de sa main.

A la guerre d'amour
le vaillant est celui qui dépose les armes.

Si tu veux aimer,
oublie-toi.

Aimer et réclamer salaire
n'est pas d'un véritable amant.

EUROPE

Tirésias

Tirésias n'avait rien, en ces temps prodigieux, du voyant douloureux qui conduisit Œdipe à voir clair, lui l'aveugle, dans les obscurités tourmentées de sa vie. C'était un jeune fou à la figure haute, furieusement joyeux, insouciant de tout. Sans cesse il cheminait, affamé d'inconnu, de visages nouveaux, de paysages neufs. Il croyait son destin droit comme un trait de flèche. Il ne savait rien de ce dieu joueur qui mène les hommes à sa guise et trace au bout de leurs sandales leurs inévitables chemins.

Un matin, passant par le mont Cyllène, ce dieu-là voulut qu'il pose son sac dans l'ombre d'un pin. Il but à sa gourde, il huma l'air doux. Or comme il rêvait, l'œil perdu au loin dans les brumes bleues, un froissement vif le fit sursauter. Un buisson, près de lui, tremblait. Il se pencha. Parmi les ronces il vit deux serpents accouplés. Surprendre de ces bêtes en travail amoureux n'augurait rien de bon, selon l'avis des sages. Il leva son bâton, l'abattit en grognant. Sa volée fracassa le front de la femelle. A peine aperçut-il le mâle dressé droit sur sa queue enroulée. Il se sentit mordu. L'animal disparut comme un ruisseau sous terre. Tirésias regarda son pouce ensanglanté. Son esprit s'embruma. Il s'assit contre un roc, les oreilles bruissantes et les poings agrippés à son long pieu de buis. Dans un soupir il s'endormit.

Quand il se réveilla le soleil s'enfonçait au fond du ciel rougi. Il se frotta les yeux, puis se palpa le corps et d'un bond fut debout, le regard égaré, cherchant avidement celui qu'il croyait être. Il n'était plus un homme. Une absence affolante au bas de son nombril, des courbes, des rondeurs, des seins joufflus et fiers lui vinrent sous les mains. Le venin du serpent l'avait changé en femme.

C'était un être aventureux. Les premières pâleurs passées, une trouble impatience envahit son esprit. « Je sais tout, pensa-t-il, du mâle. J'en fus un. Voilà qu'il m'est donné d'entrer au plus secret des mystères femelles. Est-il dans une vie cadeau plus captivant ? Aucun être ici-bas n'a jamais exploré les versants opposés de la nature humaine. Je vais enfin franchir la porte défendue, le seuil inaccessible à tout homme ordinaire et goûter au plaisir d'une femme couchée. » Au soir la nouvelle vivante, émue par les regards passants qui erraient sur son vêtement, entra dans une ville blanche et là choisit de demeurer. Elle y apprit en quelques jours l'antique métier de putain.

Sept ans elle s'abreuva de soldats et de prêtres, d'adolescents doux, de vieillards, jusqu'au jour de printemps pourtant semblable aux autres où le désir soudain la prit de retrouver le vent, les grincements d'insectes et la lumière bleue de ce lieu où jadis elle avait perdu sa peau d'homme. Elle s'en fut donc au mont Cyllène, en secret, son bâton au poing.

Sur la cime elle fit halte à l'ombre du vieux pin et les yeux clos flaira comme autrefois la brise. Des broussailles froissées, près d'elle, remuèrent. Elle frémit, furibonde et pourtant jubilantc. Elle pensa : « Je savais qu'il en serait ainsi. » Elle empoigna son pieu. Deux serpents se dressèrent, enroulés l'un à l'autre, au-dessus des ronces griffues.

La volée s'abattit. Ce fut le mâle cette fois qui fut brisé comme une noix. La femelle mordit le doigt. La fille aussitôt s'endormit. Au soir se réveilla un jeune Tirésias à la poitrine plate, aux cuisses dures, aux hanches étroites, au sexe ferme et rassurant. Il reprit sa vie de plein vent.

Les dieux sont à jamais nos maîtres : nous les supposons, eux nous voient. Ils surent donc, dans leur Olympe, l'aventure de cet errant qui, au moins sur un point, surpassait leur savoir. Son corps avait joui en homme autant qu'en femme. Or il advint que Zeus, une nuit de vinaigre, eut à subir l'humeur de son épouse Héra. Il revenait, faraud, d'un quelconque adultère. Elle haïssait ses frasques. Elle le lui fit savoir. Comme un taureau qu'une mouche tourmente le dieu des dieux mollement s'insurgea.

– Tais-toi, femme, dit-il. Tu parles sans raison. Qui mange peu a faim souvent. La jouissance mâle est brève. Le besoin est donc incessant. Le plaisir d'une épouse est plus vaste et profond que ne sera jamais celui qu'un homme éprouve. Penses-y, et ne te plains pas.

– Sornettes, répondit Héra. Ton braillement d'extase étonne l'univers quand le septième ciel te descend dans le ventre, alors que moi, pauvrette, à peine je gémis.

Qui pouvait trancher le débat ? Ni l'un ni l'autre, ils en convinrent. Un seul être savait. Zeus, las d'être harcelé, proposa qu'on l'appelle et que l'on s'en remette à lui.

Tirésias, endormi sur un obscur grabat, se vit soudain posé dans la chambre divine.

– Homme, dit Zeus, éclaire-nous. Qui jouit le plus fort, de l'homme ou de la femme ?

L'errant lui répondit :

– La femme, sans conteste. Au point que quelquefois me vient la nostalgie de ma bouche d'en bas.

Zeus sourit, triomphant. Héra gronda du nez. Elle jugea Tirésias aussi fourbe que sot, et lançant tout soudain à sa face ébahie un coup d'index vengeur, elle lui ôta la vue. Zeus alors se pencha vers le juste imprudent.

– Sois en paix, lui dit-il. Tu ne vois plus dehors, tu verras au-dedans. Tu sauras tout des êtres. Et par mon souffle noir qui envahit ton corps, tu auras désormais le don de prophétie.

La barbe lui poussa, la chevelure aussi. Tirésias à l'instant devint homme sans âge ouvert aux mille vents du monde et de l'esprit.

Europe

Comme Europe, fille de roi, gardait le troupeau de son père dans les dunes au bord de la mer, Zeus la vit par l'œil du soleil. Elle était belle, il était dieu. Le dur désir de jouir d'elle lui bondit aussitôt dedans. Il rit, dans le silence bleu. Il tomba du ciel sur la plage et se vêtit en taureau blanc. Ses cornes étaient deux jeunes lunes. Son regard était vert et noir. Il vint tendre son encolure à la main fragile d'Europe. Elle s'effraya. Il se fit doux. Il ploya humblement les pattes. Elle s'en émut, sourit un peu, osa, timide, une caresse. Dans l'herbe il posa son museau. Sur son front elle posa ses lèvres. Il gronda, les yeux demiclos, comme un orage ensommeillé.

Alors elle se dressa soudain, courut cueillir des fleurs sauvages, revint orner le corps puissant, s'enivra de le voir soumis à ses jeux vifs, à ses caprices, offrit sa poitrine pointue au souffle tiède de son mufle, enfin chevaucha l'animal, battit sa croupe, triomphante, la tête couronnée de brise. Il s'en fut trottant vers la mer, entra dans la rumeur des vagues. Les fleurs tombèrent sur l'eau grise, s'éloignèrent au gré du reflux. Europe, s'agrippant aux cornes, protesta, trépigna, cria :

– Reviens à la terre, obéis ! Obéis donc, ma bête brute !

Le museau brun fendit l'écume, puis s'éleva, sortit de l'eau, le galop se fit prodigieux parmi les gerbes scintillantes, le vent dénoua les cheveux, les vêtements et les parures. Europe hurla au ciel mouillé, le cœur battant comme une porte, ivre de vie, mourant d'effroi. Le temps d'un bouillonnement d'âme les embruns furent traversés, les oiseaux, le soleil revinrent, la mer descendit aux genoux, baisa les pieds nus de la fille, se retira du sable fin. Elle effaça le premier pas du taureau blanc sur le rivage. La vivante que Zeus aimait roula entre ses pattes droites. Ils étaient sur l'île de Crète. Sous les remparts d'une cité se balançaient de grands bateaux.

Europe courut, trébucha, atteignit un bosquet de saules. Elle tomba, les mains sur la face. Le taureau vint, ouvrit ses jambes d'un coup de mufle véhément. Elle osa regarder celui qui lui cachait le ciel, les arbres. Elle vit un homme aux yeux d'enfant. Un sexe rude la cloua. Un jet de feu la traversa du tréfonds du ventre à la gorge, et de la gorge lui sortit un halètement d'épouvante, un râle de mort et d'amour, un cri de naissance éperdue. Un grand vent soudain se leva. Elle osa regarder encore. Elle vit un aigle aux vastes ailes s'arracher d'elle et s'envoler, et s'engloutir dans le soleil. Elle sut alors, les yeux immenses, qui venait d'être son amant.

Ainsi sont les amours divines, tyranniques, violentes, simples. Mais qui sait le bien et le mal ? Les dieux ne jouent pas, ils enfantent. Europe eut de Zeus trois garçons. Elle les mit dans trois sacs de toile, leur chercha un père vivant. Ce fut Astérios, roi de Crète. Elle l'épousa, et s'en alla. Elle n'aimait plus guère le monde. Elle fut reçue, à l'heure juste, dans les hauts jardins éternels.

La naissance du Minotaure

Minos fils d'Europe régna, après Astérios, sur la Crète. C'était un homme rude et fier. Le jour de son couronnement il fit un vœu au bord des vagues. Il appela Poséidon, dieu des brumes et des océans. Debout sur un roc écumant il cria, la bouche salée :

– Qu'un taureau naisse de tes eaux, qu'il vienne à moi et me salue, qu'il soit ton signe d'alliance ! Si tu m'entends, père mouillé, je t'offrirai en sacrifice son cœur, ses entrailles et son foie !

Aussitôt comme un matin neuf à l'horizon bleu se leva un animal éblouissant. Effleurant à peine l'écume il s'avança droit vers le roi. Personne, de mémoire d'homme, n'avait jamais vu sous le ciel taureau plus joliment neigeux. Le roi Minos hurla sa joie. Il leva sur lui son couteau, resta un instant hésitant, sa lame au travers du soleil, remit son arme à la ceinture et tomba, le front sur la terre, en riant comme un fou d'amour. Sacrifier pareille bête ? Autant fuir jusqu'au bout du temps festins, femmes, compagnons d'armes ! Autant renoncer à la vie ! Il la fit amener au pré parmi ses troupeaux innombrables.

Poséidon ouvrit ses brumes d'un revers de main impatient, vit le taureau sur la colline et fronça ses sourcils épais. Le roi Minos l'avait trompé. Il gronda, pesta, s'indigna. Enfin il rumina vengeance. Un soir de pluie sur le palais chez la reine Pasiphaé il entra comme font les songes. Elle dormait, la bouche entrouverte. Il s'insinua dans son corps, remua son cœur et ses sens et planta ce désir violent dans ses hanches majestueuses : être aimée du grand taureau blanc, être un jour, une heure, un instant, quoi qu'il en coûte, son épouse. Elle s'éveilla le lendemain avec l'abominable envie dans son ventre, son cœur, son âme. Elle s'effraya, elle résista, voulut s'attacher bras et jambes pour ne pas courir à l'enclos. Enfin elle alla voir Dédale, l'ingénieux ingénieur, l'infatigable bâtisseur, l'esclave aux rêveries divines.

Elle lui confia sa folie. Elle lui demanda, la voix rauque, les mains tremblantes, le front bas :

– Comment jouir de cette bête ?

L'autre s'en fut à la fenêtre. Il resta longtemps silencieux, contemplant la mer et les mouettes, puis il revint et dit :

– Je sais. Tu auras ton habit de noce.

– Fais vite, dit Pasiphaé.

– Dans trois matins, répondit l'homme.

A l'aube du troisième jour elle se vêtit, courut au pré, vit Dédale dans la rosée. Il caressait le museau noir d'une génisse aux pattes droites.

– Reine, dit-il, approche-toi.

L'animal, sous le poil luisant, était creux et bâti de bois. Son corps comme un coffre s'ouvrait.

– Ôte tes vêtements de femme. Glisse tes jambes jusqu'en haut dans les deux pattes de derrière. Courbe-toi le long de l'échine.

L'amoureuse entra dans la bête. Dédale verrouilla son dos. Le taureau de Poséidon la vit au bord de la barrière. Il mugit au ciel, vint à elle, s'éleva debout comme un homme et saillit la femme enfermée. Elle hurla et gémit longtemps dans la carapace impassible.

La reine assouvie mit au monde un fils à tête de taureau. Il fut baptisé Minotaure. Le roi Minos, épouvanté, consulta les devins de Crète.

– Quel est le père de cet être ?

– L'animal venu de la mer.

– Par quel effrayant sortilège a-t-il séduit Pasiphaé ?

– Dédale sait, dirent les sages.

Minos fit devant lui venir le trop secourable architecte. Il empoigna sa nuque raide, le fit se courber jusqu'au sol, posa le pied sur ses épaules.

– Construis autour du Minotaure un labyrinthe sans pareil. Que ses détours soient infinis, que ses pièges soient imparables. Je veux que là soit enfermée avec son rejeton terrible la reine indigne du soleil et de mon regard souverain. Quant à toi, bâtisseur pervers, dès que sera fermée la porte de l'impénétrable maison, avec ton fils le jeune Icare tu iras mourir en prison.

Ainsi fut fait. Longtemps après, Icare et Dédale s'enfuirent par le haut chemin des oiseaux et Thésée, qu'Ariane guida, pénétra dans la chambre noire où le monstre espérait la mort. Mais ce sont là d'autres histoires.

Héraklès et Omphale

Il advint qu'Héraklès, passant par la Lydie, connut la reine Omphale. Il lui fit trois garçons et vécut si longtemps de paresse sucrée, d'indifférence heureuse et d'amour délicieux dans son vaste palais qu'on s'étonna d'abord, chez les gens et les dieux, puis qu'on fronça le nez, et qu'on finit un jour par médire de lui.

– Il paraît qu'il file la laine, murmura-t-on, l'air entendu. Et s'il s'embrouille ou brise un fil, la reine Omphale gronde et tape sur ses doigts.

– De plus, prétendit quelqu'un d'autre, sa peau de lion est mitée. Elle ne sert plus que d'essuie-meubles. Désormais il porte colliers, bracelets d'or, turbans de femme, châle pourpre et ceinture ornée. Si vous voulez mon sentiment, c'est pitié de le voir ainsi.

– Pire, ajouta à voix secrète un prétendu bien informé, il couche aux pieds de sa maîtresse, il mange humblement dans sa main et n'en éprouve aucune honte. Il est perdu, d'âme et de corps.

Ce n'étaient que tissus de songes, mensonges, racontars pervers et médisances souffreteuses. Voici, en vérité, comment la fable est née.

Omphale et son prince des Forts visitaient un matin leurs vignes sur les collines de Tmolos. Le dieu Pan, d'un bosquet voisin, les vit traverser la lumière. La reine était vêtue de rouge, la brise découvrait ses seins. Pan ouvrit grands les yeux, la bouche, et le cœur tout à coup tonnant se sentit pris d'amour panique. « Je veux, se dit-il, cette femme. Je l'aurai donc avant demain. »

Or comme Omphale et Héraklès à l'ombre fraîche d'une grotte goûtaient un repos d'amoureux, la reine, par jeu capricieux, voulut échanger son habit contre celui de son hercule. Leur combat fut tendre et rieur. Héraklès, se laissant vêtir, fit craquer le col et les manches. Il ne put entrer qu'à moitié dans les sandales aux lacets d'or. Aux doigts il mit les bracelets, les bagues aux lobes des oreilles, les colliers autour des poignets, tandis qu'Omphale se perdait dans la tunique de son homme. Ils s'amusèrent l'un de l'autre, puis jouant ce qu'ils n'étaient pas ils s'émurent, se caressèrent et se baisèrent enfin longtemps. Le soir venu, dans la caverne, chacun s'endormit dans son lit.

Alors Pan, l'œil luisant et sombre, vint sous le roc où ils étaient. Il souleva dans les ténèbres un fond de drap, poussa son nez, palpa une évidente robe, et déjà bandant se glissa subrepticement auprès d'elle. Héraklès, s'éveillant à peine, crut à une bête égarée. Il grogna, lança dans le noir une ruade ensommeillée. Le maraud, cul par-dessus tête, hurlant comme un porc écorché, s'en retrouva baisant le mur du front, de la bouche et du ventre. Omphale aussitôt réveillée alluma au feu une torche. Héraklès se dressa debout. Tous deux virent l'ensanglanté cherchant ses dents dans la poussière. Ils s'exclamèrent, ils rirent aux larmes, tandis que Pan, tout claudiquant, s'enfuyait sous la lune pâle.

Qui fit pour se venger courir ce bruit bizarre que le rude Héraklès se perdait nuit et jour, dans un palais douillet, en perversités molles et jeux efféminés ? Le fourbe aux pieds de bouc, Pan, l'éternel lubrique, et les dieux l'écoutèrent, et les hommes le crurent. Ainsi va la légende avec la calomnie. Les deux sont sœurs, mais ennemies. La légende est riche de sève. La calomnie n'a que venin. Et la vérité, direz-vous ? Ce monde n'est pas son jardin.

Le cordonnier au couvent

C'était un cordonnier si joyeux et naïf qu'il ignorait le mal. Il buvait sans vergogne, il baisait sans souci de perdre entre deux draps sa part de paradis, et le vendredi saint, si quelque porcelet lui tombait dans l'assiette, il nouait un torchon autour de son gosier et s'en faisait bombance à la santé de Dieu.

Son grand-oncle curé en perdait le sommeil, le boire et le manger. Il s'en rendit malade. Un matin, les joues grises et les paupières lourdes, il ne put y tenir. Il entra, résolu, dans les parfums de cuir qui baignaient son échoppe, il s'assit prudemment sur la paille trouée d'un tabouret bancal et dit :

– Mon cher neveu, nous entrons ces jours-ci dans les fêtes de Pâques, et je serais heureux de t'inviter chez moi. Ma maison, tu le sais, est proche de l'église, où tu ne viens jamais. Tu pourrais profiter de l'occasion pour y entrer enfin, y confesser tes fautes et recevoir l'hostie avec la communion.

– L'hostie ? La communion ? répondit le bonhomme. Hé, qu'est-ce donc, mon oncle ? Autant qu'il me souvienne, je n'ai jamais goûté cette cuisine-là.

– Ahi, le malheureux ! Il m'épuise ! Il me tue ! Cette cuisine-là, homme dévergondé, est celle du Seigneur. Sache donc que Jésus, ce dimanche, avec toi, par pitié pour ton âme énormément indigne, aimerait partager bon vin et pain de vie.

– Voilà, mon cher parent, une excellente idée. Du vin ? J'en suis friand. De quelle vigne est-il ? Du pain ? Est-il doré, odorant, bien moelleux ?

Le prêtre soupira, fit mine de remettre à Dieu sa démission, puis donnant une chance ultime à la patience exposa longuement le sens et les raisons de ces choses sacrées.

– Fort bien, lui dit le cordonnier. Puisque Dieu m'aime assez pour entendre mes fautes, je les lui confierai. Après quoi, s'il le veut, j'avalerai l'hostie.

Le lendemain matin il s'en fut à confesse, et à voix haute et franche avoua ses erreurs, ses tares et manquements sans en omettre rien, ni détail accablant ni perversité rare. Le prêtre s'en trouva proprement atterré.

– Mon neveu, c'en est trop, lui dit-il en pleurant. Je ne peux pas t'absoudre. Il faut que Dieu lui-même accepte de laver ton âme abasourdie. Retire-toi trois ans au fin fond du désert. Prie. Ne consomme plus ni pain, ni vin, ni viande. Oublie surtout les femmes, et si l'on veut, Là-Haut, avoir pitié de toi, tu seras pardonné. Va-t'en. Ainsi soit-il.

Le cordonnier trouva que Dieu dramatisait, mais puisqu'il le fallait il s'en alla planter sa tente dans le sable, hors des chemins battus, parmi les buissons gris et les crânes blanchis des voyageurs perdus. Il vécut là de vent, de brins d'herbe jaunis et de racines sales. Il maigrit jusqu'à l'os. Il s'ennuya beaucoup.

Un jour, comme il errait en déjeunant de poux et d'insectes volés à la brise passante il aperçut au loin, dressés parmi les rocs, les hauts murs d'un couvent. Il se dit que là-bas il trouverait peut-être au moins de quoi couvrir ses épaules tannées. Il y fut, le front bas contre le vent brûlant.

Il parvint à la nuit sous ses fenêtres éteintes. Une seule luisait. Il lança du gravier dans sa vague lumière. Un visage de femme apparut, se pencha.

– Que veux-tu, pèlerin ?

– Madame, du repos.

La figure aussitôt s'effaça vivement, il vit, dedans, bouger une lueur de lampe, il entendit grincer le battant du portail, une main prit son bras, l'attira dans la cour. Il y avait là quatre arbres autour d'une fontaine. Il se laissa conduire en haut d'un escalier. Là était une chambre. On le poussa dedans. Il s'assit poliment au bord d'un édredon. La dame secourable enfin le regarda.

Elle était jeune, belle et pourtant mère abbesse. Elle régnait sur ce lieu où vivaient pieusement trois cent soixante nonnes. Elle dit d'abord :

– Mon fils, il vous faut prendre un bain. Un grand bain parfumé. Vous en avez besoin.

Elle fit chauffer de l'eau, puis savonna partout l'ermite famélique, enveloppa son corps de grands linges douillets, s'en fut à la cuisine. Elle s'en revint avec, sur un plateau d'argent, un gros pain rebondi, une cuisse d'agneau, un flacon de vin doux et quelques friandises.

– Vous avez trop souffert, mon garçon, lui dit-elle. Mangez tout votre saoul et buvez donc assez pour arrondir ce ventre au nombril renfrogné.

L'autre fit la grimace. Il soupira :

– Hélas, le pain m'est interdit.

– Ce n'est pas là du pain, mon fils, rassurez-vous. Chez nous, cela s'appelle une « miche d'offrande ».

– Alors j'y goûterai volontiers, belle dame, et je vous laisserai, si vous le permettez, cet infernal gigot qui ferait saliver le Saint-Père en personne.

– Ce n'est pas du gigot, qu'imaginez-vous donc ? Ce n'est rien, grâce à Dieu, qu'une humble collation.

– Oh, s'il en est ainsi, servez-moi, s'il vous plaît, autant que vous voudrez. Mais ôtez donc ce vin du champ de mes narines. Il me trouble. Il m'énerve.

– Du vin, cela ? Que non ! C'est du jus de raisin à peine fermenté.

– Alors trinquons, madame, à la santé du Ciel !

Il but, puis l'œil luisant :

– Oh, votre corps m'émeut. Par pitié pour mes sens, éloignez-vous un peu.

Elle s'assit près de lui, et les joues rougissantes elle ouvrit lentement sa chemise de lin. Ses tétons délivrés mirent le nez dehors.

– S'il vous plaît d'y toucher, donnez-moi donc vos mains. Je les mettrai moi-même où vous voudrez qu'elles aillent.

– Hélas, madame, hélas, mon oncle confesseur fut formel sur ce point. Je ne dois pas toucher le moindre bout de femme.

– Tout est bien, mon ami, car je n'en suis pas une. Allons, regardez-moi, je suis nonne, rien d'autre.

Il regarda, toucha et se laissa toucher, baisa jusqu'à plus soif, jouit et fit jouir avec tant de fureur que madame l'abbesse, accroupie chevauchant et de dos chevauchée, hurlant, extasiée, comme un troupeau de loups, fit tomber de leur lit trois cent cinquante-neuf religieuses en chemise. A l'aube elles étaient toutes à la porte fermée, supputant un regain d'embrochement féroce et faisant circuler des nouvelles du front. Quand la dame et l'amant parurent sur le seuil, elles applaudirent fort. Une porte-parole enfin sortit du rang. Elle dit au nom de toutes :

– Un homme ici, ma mère, est un don du Seigneur. S'il vous a fait du bien, la justice voudrait, puisque tout est chez nous propriété commune, qu'il nous en fasse aussi, chacune à notre tour.

La mère supérieure opina du bonnet, mais ce fut à regret. Elle aurait préféré que son cher cordonnier n'ait rien d'autre à chausser que son petit pied nu, mais comment résister aux exigeants désirs d'une foule de filles ? Notre homme se mit donc le soir même à l'ouvrage. Il vécut une année en prince de harem. Après quoi, un matin, trois cent soixante fois sur les joues de ses femmes il essuya des larmes, et s'en revint chez lui.

Trois ans étaient passés. Sa pénitence, enfin, arrivait à son terme. Il était satisfait. Son cœur, à son avis, était purifié, ses poumons aérés et son âme assez propre. Après dix jours de marche il parvint à la ville et s'en alla tout droit chez grand-oncle l'abbé. Il y fut accueilli avec joie débordante et tremblements émus.

– As-tu bien fait, mon fils, tout ce que je t'ai dit ? demanda l'enfroqué après les embrassades.

– Avec l'aide de Dieu, répondit le neveu, j'ai selon vos désirs vécu dans le désert.

– As-tu mangé du pain ?

– Non, mon père, jamais. Je ne me suis nourri que de quelques offrandes.

– De la viande, dis-moi, en as-tu consommé ?

– Oh non, je n'ai goûté qu'à d'humbles collations.

– Et du vin, mon petit ?

– Je n'ai bu que de l'eau d'un puits mouillé à peine, et du jus de raisin.

– Parfait, mon fils, parfait ! Reste le cas troublant des basses tentations. N'as-tu pas, une fois, baisoté quelque femme ?

– Une femme ? Jamais ! Je n'ai pas eu le temps. Il m'a fallu trousser, en une pauvre année, trois cent soixante nonnes !

– Ahi, le malheureux ! Le pervers ! Le Satan ! Trois cent soixante nonnes !

Le grand-oncle s'assit, la langue dans sa barbe, et râlant comme un vieux pendant l'extrême-onction :

– Hélas, ne sais-tu pas que ces filles sont sœurs du

Seigneur Jésus-Christ ? Hors de ma vue, bandit ! Va-t'en ! Je te maudis !

– Les sœurs de Jésus-Christ ? dit l'autre, illuminé. Holà ! Jésus est donc mon estimé beau-frère ! Et dans ce cas, l'abbé, que m'importent les plaintes et les malédictions d'un rat de sacristie, moi qui suis, s'il vous plaît, de la Sainte Famille ! Allons, baisez ma main, je retourne au couvent !

Il y fut, vite et droit.

Il y vécut heureux. Au terme de ses jours, trois cent soixante sœurs prièrent Dieu pour lui, et Dieu lui prit la main. Il n'a pas trébuché devant la porte étroite. Il est, depuis ce temps, le cordonnier des saints, et raconte le soir sa longue vie d'en bas aux Bienheureux d'En-Haut.

L'homme qui fut chassé d'enfer

Un saint avait dit à cet homme :

– Dans ce monde, sois un passant.

Il s'était donc fait colporteur. Certains vivent comme des arbres, plantés où leurs pères sont nés. Il était du pays qui bouge. En voyage il était chez lui.

Or un jour qu'il allait sa route au travers d'une lande nue, voilà qu'il plut à grosses gouttes. Sous le ciel n'étaient que broussailles, vagues bosses, cailloux pointus. Ni cabane, ni pan de ruine, ni bergerie où s'abriter. Que fit-il ? Il se dévêtit, fourra ses habits dans sa hotte, la retourna, s'assit dessus, attendit que la pluie s'épuise et sous le soleil revenu il remit ses vêtements secs en sifflotant à l'unisson de quelques merles buissonniers.

A peine était-il dans ses bottes qu'une femme vint à passer. Une femme ? En vérité, non : une illusion, une apparence. L'oncle du diable travesti, telle était dans sa robe noire cette désirable beauté. Elle était trempée jusqu'à l'os. Elle s'étonna. Elle dit à l'homme :

– Cher monsieur, ai-je la berlue ? Il vient de nous tomber du ciel une flopée de cordes raides, et je ne te vois pas mouillé. Es-tu sorcier ? Je suis curieuse. Avoue donc. Comment as-tu fait ?

Ce colporteur n'était pas homme à laisser passer un printemps sans lui courir un peu derrière. Il répondit, clignant de l'œil :

– C'est un secret, ma belle dame. Je te le donne volontiers si tu fais l'amour avec moi.

– Oh le jean-foutre ! Oh le paillard ! minauda le diable en jupon. Allons, j'ai envie de savoir. Puisque ton virolet l'exige, va donc, réchauffe-moi les seins et fais-moi bouillir le chaudron !

Ils s'abouchèrent, ils s'ajustèrent, confessèrent le chenapan, dansèrent la basse bourrée, arrosèrent enfin le persil. Quand ce fut fait :

– Tiens ta promesse, dit la démone écartelée. Je t'écoute. Va lentement, que je comprenne sans encombre.

L'autre en trois gestes et quatre mots expliqua sa ruse pratique.

– C'est tout ? Misère de mon sang ! J'espérais quelque coup sorcier, et me voilà baisée pour rien. Salut, malin ! grinça la bête.

Et chacun reprit son chemin.

Qui attendait le colporteur devant la porte de l'auberge où il parvint le soir venu ? La Mort assise sur un banc, sa longue faux entre les jambes. Elle tendit le pied, il tomba, se brisa le front sur les dalles, et bref, le passant trépassa. Qui fut le plus vif sur son râble ? Point son bon ange. L'ange noir. Il le conduisit en enfer. L'oncle du diable ce soir-là était à la grille en fer rouge. A peine s'en retournait-il de sa promenade terrestre. Il vint au nouvel arrivé, le reconnut, fronça le nez, cracha du feu par les oreilles et dit :

– Ah non ! Toi, hors d'ici ! Va-t'en ! Qu'on ramène ce bougre !

Des diablotins autour de lui se regardèrent, s'ébahirent, et tirant l'oncle par la queue :

– Dites, pourquoi chasser cet homme ? Il est maigre,

mais bien rôti il ferait un joli damné. Est-il le protégé d'un saint ? Est-il trop bon ? Trop dur ? Trop tendre ?

– Trop malin, répondit l'Obscur. Aujourd'hui sur un bout de lande il m'a baisé pour trois fois rien. Si nous l'accueillons parmi nous, je vous parie, mes petits loups, qu'il vous aura baisés de même avant qu'il soit minuit sonné.

Il fut conduit au Ciel sur l'heure. Dieu dans sa main le mit au chaud. Il avait couru tant et tant ! Il avait besoin de repos.

Comment fut perdu le paradis

D'invérifiables rumeurs ont trop longtemps laissé entendre qu'un serpent, une pomme et l'épouse d'Adam auraient aux premiers temps, dans le jardin d'Éden, gâché l'avenir des familles. Il nous faut démentir. Nous savons maintenant d'où viennent nos malheurs : d'une abeille distraite. Elle a tout avoué. Les choses en vérité se sont passées ainsi :

Ève et son cher époux vivaient donc, en ces temps, au paradis terrestre. A quoi s'occupaient-ils ? A s'aimer plaisamment dans les fleurs odorantes, à l'ombre d'un palmier penché sur leurs ébats. Ils ne forniquaient pas. Ils se touchaient l'un l'autre, allongés côte à côte, se caressaient les joues, les épaules, les seins, découvraient en riant la fragile douceur de leurs endroits secrets.

– Qu'est-ce là, mon ami? disait-elle en palpant le membre variable.

– Que caches-tu, ma femme, au fond de ce puits sombre où se mouillent mes doigts ? lui répondait Adam.

Leurs regards s'éclairaient, ils se baisaient les lèvres, ils n'en faisaient pas plus et Dieu était content.

Or un jour aussi tendre et bleu que d'ordinaire, comme ils s'émerveillaient à regarder s'ébattre entre leurs jambes nues le garnement joufflu de l'innocent jeune homme,

Ève, qui s'amusait à le faire rougir, ôta soudain sa main pour se gratter le front. Une abeille sortit au même instant d'un arbre, troua par le travers un rayon de soleil et fonça goulûment sur la croupe d'Adam. Il fut piqué au vif. La douleur fut cuisante. Il eut un sursaut bref. Son aiguillon bandé rencontra le con d'Ève. Il l'enfonça d'un coup, se mit à s'agiter, le fondement crispé, comme un danseur du ventre. Ève, ainsi assaillie, poussa un piaillement, gémit et soupira, puis chantonna des plaintes extrêmement contentes, et dansant, elle aussi, des fesses et du devant, conclut farouchement par ces mots qui, depuis, ont fait le tour du monde :

– Oh Seigneur, je jouis !

Certes, elle n'aurait pas dû invoquer Dieu le Père. Elle fit là une erreur fatale à tous égards. Car notre Créateur, s'entendant appeler, se pencha sur la Terre. Il vit la bouche basse d'Ève avaler le fruit défendu. Il se mit en colère, et l'index désignant rudement l'horizon il chassa aussitôt les deux contrevenants hors du jardin parfait.

Ainsi le paradis fut à jamais perdu. Les coupables s'en consolèrent. Ils s'en allèrent avec un autre au cœur le plus secret du corps. Depuis ce temps, vaille que vaille, comme chacun porte sa croix sur les mille chemins du monde, chacun porte aussi son Éden. Les Adam l'appellent « amour d'elle », et les Ève « amour de lui ».

La chanson

Jadis, en terre de Bretagne, le jour de saint Pantaléon se tenait sur une montagne la fête des contes et des chants. Les gens y venaient de partout, filles nobles aux robes bruissantes, clercs à la langue bien pendue, musiciens, chevaliers gaillards, tous vêtus de chemises vives, de bottes neuves et chapeaux fiers. Chacun son tour (c'était le jeu) devait conter une aventure. L'amour palpitant s'y mêlait aux faits d'armes des forts en gueule, aux nouvelles fraîches, aux drôleries des facétieux. Les voix, les rires, les musiques dans le grand pré du haut du mont allaient sans peine sur la brise jusqu'au bout de l'herbe fleurie où les enfants se tiraillaient, où les vieux se poussaient du coude, assis sur des tapis de lin. Le soleil écoutait aussi. Il brillait dans tous les regards.

Le conte dit, le temps venait de composer une chanson. Ceux qui savaient en rimaient une. Ils la chantaient aux bouches bées. La meilleure était honorée. Elle courait tout au long de l'an les estrades des bateleurs, les rues, les tavernes, les foires. Or un jour, après les histoires, chacun s'ébattant dans le pré, il advint que huit belles dames assises sous un amandier décidèrent de composer un air à nul autre semblable. Toutes étaient de nobles personnes, délicates, estimées de Dieu. Elles se prirent par les épaules et se concertèrent en secret.

– Mes amies, dit la plus rieuse, il nous faut un sujet nouveau propre à unir en même accord les soudards et les demoiselles. On nous rebat fort les oreilles de chants galants, d'actes glorieux, de supplications amoureuses, d'inaltérables sentiments. Tout cela, certes, est bel et bon, mais à se vouloir magistral, n'oublie-t-on pas le principal ? Ces jeunes gens qui nous reluquent, pour qui bombent-ils le poitrail ? Pour qui leurs armes brillent-elles au soleil fringant des tournois ? Pour l'amour de qui sont-ils nobles, de cœur généreux, d'âme franche ? Dites-moi, le savez-vous bien ?

Les yeux baissés, riant sous cape, et les joues soudain empourprées, la plus naïve répondit :

– Sans doute, nos fragilités éveillent en eux quelque tendresse.

Toutes aussitôt parlèrent ensemble. La dame les fit taire. Elle dit :

– Il est vrai qu'ils nous font la cour, qu'ils nous prient de mille manières, qu'ils nous baisent mains et paupières, mais que voient-ils au fond de nous qui fait d'eux des prédicateurs plus éloquents que cent évêques ? Qui les excite et les enroue ? Mes sœurs, je vous le dis tout droit. Ce n'est pas leur désir d'honneurs, c'est notre trésor d'entrecuisse. Quoi qu'en disent nos soupirants, qui parle ? C'est leur lutin chauve ! Et que veut-il, ce turbulent ? Visiter le couloir brûlant, la source aux eaux miraculeuses, le graal de saint Braquemart, le cloître, le calice doux, en un mot comme en cent, mes filles, le con qui fait que nos yeux brillent. Dites-moi donc bien franchement. Serait-il au monde un amant pour tomber aux pieds d'une femme belle de corps, haute de l'âme, dont le ventre serait cousu ? Allons, la cause est entendue. Puisqu'il est vrai, en ce bas monde, que tout est pour l'amour du con, faisons sur lui notre chanson.

Ses compagnes, battant des mains, approuvèrent hautement ce prêche. Chacune au chant porta son mot. L'œuvre fut jugée raffinée, émouvante et persuasive. Elle fut par tous chantée en chœur. Et tandis que la nuit tombait, comme on se rendait à l'église pour un dernier Pater Noster, on s'en copia les couplets.

J'ai dit ce que Benoît le Borgne a rapporté de ce jour-là. A lui merci. Où qu'il demeure, que Dieu le garde des méchants.

La fille qui ne pouvait entendre parler de foutre

Demoiselle Marion, bien qu'elle ait belle chair où belle chair doit être, était d'une pruderie telle qu'elle ne pouvait pas supporter que soient prononcés devant elle ces mots crus (quoique chauds) qui désignent les entrejambes et leur voisinage immédiat. Bref, à la moindre foutrerie, elle manquait d'air et tournait pâle. Son père l'aimait sans partage. Il était veuf, il n'avait qu'elle et donc, bien que pourvu de champs et de confortables vignobles, il n'osait employer le moindre domestique de peur (sait-on jamais) qu'un de ces rustauds-là ne lâche étourdiment, un jour, en sa présence, l'infernal cornecul qui ferait s'envoler sa Marion chez les anges.

Or, un dimanche d'août, un malicieux David, passant par le village (il venait Dieu sait d'où et cherchait aventure), apprit incidemment ce que l'on vient d'entendre. Il se dit que peut-être il y avait là pour lui quelque grain à glaner pour les longs jours d'hiver. Il s'en fut à la ferme. Le père de Marion sous l'arbre de la cour étrillait posément son cheval de labour.

– Dieu vous garde ! lui dit David. Logeriez-vous un pèlerin qui saurait retrousser ses manches et vous aider quelques journées à soigner vos prés et vos bêtes ?

– Peut-être oui, répondit l'autre, et pourtant peut-être

bien non. J'ai grand besoin que l'on m'assiste, l'ouvrage est lourd, je me fais vieux, mais à moins d'un séminariste, j'interdis qu'on entre chez moi. Comprends, garçon. Ma fille unique est affligée d'une pudeur qui lui tourneboule le cœur à la moindre allusion paillarde. Elle déteste les foutreries.

– Qu'avez-vous dit ? gronda David, les yeux soudain exorbités, les poings agrippés à sa gorge.

Il fit mine de s'étrangler, tituba, chercha vaguement à se retenir à la brise et dit encore, dans un râle :

– Quel mot abject, là, à l'instant, monsieur, vient de sortir de vous ?

– Es-tu fiévreux ? répondit l'autre. Hé, ne trépasse pas chez moi ! Qu'ai-je dit ? J'ai dit que ma fille était pudibonde à l'excès et détestait les foutreries.

– Foutreries ! Oh l'épouvantable ! Oh l'ignoble ! Oh le satanique ! Sachez, monsieur, que moi aussi je hais ces mots malodorants. Ils me trouent le cœur et le foie. Ils m'épuisent. Ils me décarcassent. Hélas, votre pucelle et moi sommes affligés du même mal. Priez pour notre sauvegarde !

La fille était devant la porte à trier des légumes secs. Elle lança un coup d'œil pointu, sourit pour elle seule et dit, le front baissé :

– Hébergez donc ce pèlerin, mon père, il est de belle race ! Pouvons-nous le laisser dehors ? Nous avons bien assez de place !

– Puisque Dieu et fille le veulent, dit le bonhomme, ouvrant les bras, mon garçon, te voici chez toi.

Il fut invité à dîner. Il dit le bénédicité, mangea la soupe, le gigot, quatre ou cinq pommes cuites au four puis, après l'alcool de cerise :

– Où donc David va-t-il coucher ? dit l'homme en caressant sa panse. Ne sont que deux chambres, là-haut.

Marion lui répondit :

– Mon père, il peut bien dormir près de moi, je ne crains pas qu'il m'indispose, honnête comme je le vois !

– Pourquoi pas ? risqua le garçon.

Le bonhomme bâilla.

– Bonne nuit donc, dit-il.

L'escalier ne grinça qu'à peine. La porte fut bientôt fermée. David et Marion s'allongèrent côte à côte sur l'oreiller. A peine la chandelle éteinte :

– Oh, qu'est ceci ? dit le jeune homme, la main sur un sein rondelet.

– C'est une de mes deux collines. Voici l'autre, David. Tâtez.

– C'est ma foi vrai. Oh, jeune fille, et ce duvet, sous le nombril ?

– C'est ma prairie, mon herbe tendre.

– Seigneur Jésus quel beau pays ! Et là, au milieu, cette fente ?

– C'est ma fontaine, elle est profonde. Vous pouvez y risquer un doigt.

– Jeune fille, comme elle est chaude !

– C'est qu'au fond est un soleil noir. Mais vous, qu'avez-vous là qui pousse, oh, David, si raide, si dur ?

– Belle amie, c'est mon cheval rouge ! Il piaffe, il a faim, il a soif !

– Amenez-le donc à mon pré, il faut bien que tout être vive ! Qu'il broute et boive tout son saoul !

– Ainsi soit-il ! Voyez, Marion, comme il va et vient à sa guise !

– Qu'il aille encore et vienne encore. Oh, ma fontaine a soif de lui !

– Marion, voulez-vous de son lait ?

– Oh foutre oui ! répondit-elle dans un irrépressible élan.

Quatre fois leurs corps s'entre-burent de minuit au soleil levant. Ils s'épousèrent à vive allure au premier matin du printemps.

La coquine et le fou

Tant de tignasse que de barbe, de cœur, de parole ou d'esprit, cet homme était un broussailleux. Il était sot, ronchon, teigneux, pataud, bigleux, haut comme un ours, bref il n'avait pour plaire aux femmes pas le moindre grain de bonté. Son épouse ne l'aimait pas. Tout au plus le supportait-elle. Ses pensées, ses rêves, son âme allaient au jeune abbé du bourg. Lui, au moins, quatre fois par mois lui souhaitait son anniversaire, sans compter les Pâques furtives et les Ascensions impromptues.

Justement, ce jour-là, sur le coup de midi, elle guettait sa venue par la fenêtre ouverte. Et comme elle chantonnait en dénouant un peu, çà et là, ses rubans, qui vit-elle apparaître ? Son rustaud de mari chassé de son labour par une faim subite. Il entra pesamment, s'approcha du fourneau, souleva les couvercles. Sa femme lui trotta derrière. « Que faire ? pensa-t-elle. Et mon amant qui vient ! » Elle se gratta le front. « Oh, voilà une idée ! » La mine tout à coup fripée par l'inquiétude, elle lui prit le poignet.

– Je te sens tout fiévreux, mon époux, lui dit-elle.

– Qui, moi ? répondit l'homme.

Il fronça les sourcils et resta bouche bée.

– Fiévreux, ajouta-t-elle, et pâle comme un drap. Que dis-je, pâle ? Vert ! Oh, tu ne vas pas bien.

– Tu crois ? bafouilla l'autre.

Il pâlit vaguement, en effet, pour de bon.

– Hélas, j'en suis certaine. Il faut te mettre au lit. Peux-tu marcher ? Viens là.

Elle le déshabilla, le poussa dans la chambre.

– Oh misère de nous ! Tu maigris à vue d'œil. Entends-tu tes entrailles ? Elles gargouillent, elles gémissent. Mon homme, tu te meurs !

Il se palpa le front, les membres, l'estomac.

– Ne parle pas ainsi, femme, tu me fais peur. Je n'ai mal nulle part, mais je me sens bizarre. Tout à l'heure, pourtant, j'étais plutôt gaillard.

– L'absence de douleur est un signe fatal. Un prêtre, un prêtre, vite !

L'abbé, au même instant, sur le pas de la porte, risquait un bout de nez par l'entrebâillement.

– Ohé, y a-t-il quelqu'un ?

– Déjà ? dit le bonhomme en se glissant, tremblant, entre drap du dessous et couette du dessus.

– Jésus Marie Joseph ! Le Ciel te miracule ! Entrez, monsieur l'abbé, s'écria la bougresse. Voyez dans quel état se trouve mon époux. Il nous quitte, il s'en va, il est déjà parti !

Un clin d'œil échangé suffit aux deux complices. L'abbé vint, les mains jointes, à la tête du lit.

– Je vois la main de Dieu t'agripper la chemise, dit-il. Confesse-toi. Fais vite, c'est urgent.

L'autre claqua des dents. Il ne lui répondit ni bonjour ni bonsoir. Le prêtre se pencha sur la face livide. Il dit :

– De Profundis. Je crois bien qu'il est mort.

– Le suis-je, en vérité ? bafouilla le bonhomme.

– Tu l'es. Ferme les yeux.

Sur sa face il tira le drap, puis entraîna la délurée, prestement, au fond de la chambre.

– Ahi, je n'en peux plus, lui dit-il dans la bouche en lui troussant la robe

Elle, passant la main où la soutane enflait :

– Oh vite, baise-moi !

Sur le plancher grinçant l'un fut bientôt sur l'autre.

Or comme ils haletaient en se grognant des mots bannis des dictionnaires :

– Chance pour toi, l'abbé, que je sois trépassé, dit soudain le défunt d'une voix de sépulcre. Sacré fils de putain, si je vivais encore je t'aurais volontiers débité le guignol à grands coups de sabot !

– Cher ami, répondit l'abbé, je fais ni plus ni moins ce qu'un mort ne peut faire. Il faut qu'un champ soit travaillé. Que son maître ait quitté le monde ne change rien à cette loi. J'entretiens donc le tien. Ne me remercie pas, j'aime rendre service. Rejoins tranquillement ton coin de paradis et laisse-moi finir, s'il te plaît, mon labour.

– Oh oui ! brailla la femme.

Ce fut si convaincant que l'homme s'enfonça en hâte sous la couette.

Il y resta trois jours. Le quatrième il partit au hasard sur la route en demandant aux gens par où monter au ciel. L'épouse et le curé le virent disparaître au crépuscule rouge. Peut-être trouva-t-il. Dieu donne aux fous, parfois, ce qu'il refuse aux saints.

La fille
et le chasseur de poule

Il était une fois un seigneur de village au cœur aussi craintif qu'un merle en plein hiver. La vie lui avait fait don d'une fille à ses yeux parfaite comme un ange. Elle était belle et simple. Il l'aimait à l'excès. Sans cesse il redoutait que le monde la gâte, et donc il la tenait recluse dans une tour de son jardin, à l'abri (croyait-il) des rudesses des hommes et des intempéries. Seule veillait sur elle une grosse matrone au bon sens aussi rond que ses seins débordants. Elle avait autrefois nourri la demoiselle, elle l'avait élevée, et le soir dans son lit elle la berçait encore, à dix-sept ans passés, comme au temps des hochets et des tétines roses.

Or un matin d'avril, à l'instant délicat où elle mettait au four un pâté de lapin, une abeille égarée se posa sur son nez. Elle voulut la chasser. La terrine tomba et se fendit en deux. Elle fit « ho », la main sur la bouche, et courant à la hâte en demander une autre à la maison du maître, par mégarde elle laissa derrière ses talons la porte de la tour ouverte au soleil neuf.

Un jeune homme à l'instant traversa la ruelle. Il venait de la chasse et portait à l'épaule une poule faisane. La fille sur le seuil le regarda passer et lança tout de go :

– Oh, la belle volaille !

L'autre lui répondit :

– La veux-tu ? Je la vends.

– A quel prix, s'il vous plaît ?

– De ta part, demoiselle, un foutre suffira.

– Monsieur, répondit l'innocente, je n'ai pas cette monnaie-là. Voyez, mon aumônière est vide !

– Fille, tu me berlures. A ce que j'ose voir tu as, ici et là, de quoi payer comptant.

– Vous ne me croyez pas ? Jeune homme, fouillez-moi.

– Volontiers, répondit le bougre.

Il la fouilla devant, il la fouilla derrière, explora le corsage et troussa le jupon, ouvrit les jambes nues, entrebâilla d'un doigt la grotte au seuil touffu, enfonça rudement son aiguillon dedans.

– Cherchez, garçon, cherchez ! Trouvez-vous, dites-moi ?

Soudain auréolé de gloire enthousiaste, il répondit que oui. Il resta un moment la bouche entre les seins de la belle haletante, puis il reprit son souffle avec son attirail, il le remit en place, il boucla sa ceinture et dit en s'épongeant la figure et le front :

– Fille, je suis payé. Bénie sois-tu partout. Ma volaille est à toi.

Il sortit à l'instant où la nourrice entrait.

Elle fit halte au milieu de la salle à manger, vit la poule faisane affalée sur la table, la désigna du doigt, les sourcils soucieux.

– Qui a porté ici cet oiseau de malheur ?

– Un jeune homme, nourrice.

– Parle. Avoue. Dis-moi tout. Que lui as-tu donné en échange, ma fille ?

– Oh, presque rien. Un foutre.

– Un foutre ? Dieu du Ciel, je suis déshonorée ! D'ailleurs, tu l'es aussi. Que va dire ton père ? Rien ! Il ne saura pas. Motus, bouche cousue. Et puis quoi, cette bête a l'air de bonne mine. Allons, faute rôtie avec trois gousses d'ail n'est que faute à demi. Il me faut un couteau pour préparer la chose. Je vais en chercher un. Ferme la porte à clé !

A nouveau elle sortit.

La fille sur le seuil la regarda courir, puis comme elle revenait à ses intérieurs tristes un rayon de soleil lui fit cligner les yeux. Dans sa lumière elle vit le jeune déluré passer, le nez au vent.

– Hé, bel homme, lui cria-t-elle, venez là, j'ai à vous parler. Ma nourrice est fort en colère. J'ai, à ce qu'elle m'a dit, payé trop cher la bête. Reprenez-la donc, rendez-moi mon foutre, et que Dieu nous garde du mal !

– A ton plaisir, répondit l'autre en ouvrant sa veste de daim.

Ce fut elle qui, cette fois, prit en main le tout et le reste. Elle se troussa jusqu'au nombril, saisit le dard à tête rouge, l'enfonça dans son fourré noir et se fit rembourser jusqu'aux dernières gouttes. Le garçon satisfait baisa la bouche haute après celle d'en bas et s'en fut avec sa volaille. Comme il disparaissait au coin de la ruelle, la vieille s'en revint.

La fille l'attendait, radieuse, au coin de l'âtre. Elle dit en défroissant sa jupe à petits coups :

– Nourrice, tout est bien. La faute est réparée. Il a repris sa poule et j'ai fait bonne affaire. Il m'a rendu bien plus que je n'avais donné.

La matrone s'assit. Elle parut un instant s'aggraver de cent ans. Mais elle avait bon cœur. Inquiète, elle demanda :

– As-tu pris du plaisir ?

– Nourrice, je le crains.

L'autre joignit les mains, leva les yeux au ciel.

– Merci, Seigneur, soupira-t-elle.

Car elle savait dans sa sagesse que tout nous tombe du Très-Haut. Garin, qui m'a conté l'histoire, n'a plus rien dit après ce mot.

Le chevalier qui faisait parler les cons

Tant par-derrière que devant, c'était un pauvre chevalier. Il était certes vigoureux, de belle allure et beaux cheveux, mais il n'avait ni champ, ni vigne, ni demeure. Il avait quelque temps vécu de combats mercenaires et de joutes primées, puis les années passant, les guerres étaient allées faucher sous d'autres cieux leurs moissons de cadavres et les tournois payants s'étaient amenuisés. Notre homme tirait donc le diable par la queue. Il ne lui restait rien, ni manteau pour l'hiver, ni bottes de rechange. Et pour payer l'auberge où logeait son cheval il avait même dû solder pour presque rien l'armure qu'avant lui son père et ses aïeux avaient partout portée. Or, un de ces jours-là, il entendit parler d'une fête en Touraine où étaient conviés les hommes tels que lui, habiles à manier le sabre et la massue. Il y avait à gagner des coupes d'or massif, des soupières d'argent, des assiettes de bronze. Sur l'heure il décida de se mettre en chemin.

Le voilà donc parti vers les bords de la Loire avec son écuyer, un drôle au nez pointu appelé Merle-Roux. Comme cet oiseau-là depuis le grand matin chevauchait loin devant sur sa mule fringante il entendit soudain, dans le bosquet touffu qu'il traversait au trot, des piaillements de filles. Il fit halte, il flaira le vent, poussa dans les buissons sa bête et découvrit une cascade où se baignaient trois femmes nues. Elles se roulaient dans l'eau, s'aspergeaient en riant, offraient au soleil vif qui trouait la feuillée leurs croupes ruisselantes. Sur l'herbe de la rive étaient leurs vêtements. Merle-Roux ne vit qu'eux. Certes, il était luron à ses heures perdues, mais luron et demi dès que tintait de l'or dans sa caboche obtuse. Ils étaient, ces habits, ornés, cousus, brodés comme par le tailleur d'une reine d'Orient. « Je les prends, je les vends, se dit en un clin d'œil le bougre, et nous avons de quoi racheter une armure, un casque et son plumet. » Il se laissa glisser au bas de sa monture, s'en vint, le dos courbé, sur la berge mouillée. Sans souci des donzelles éperdument braillantes, filou comme un furet il rafla vivement les robes, les ceintures, les souliers à boucle d'argent. Après quoi, remonté prestement sur sa mule, il s'en fut, jubilant, vers la sortie du bois.

Son maître au même instant entrait sous les feuillages. Il entendit crier à l'aide et au voleur. Son sang de chevalier lui monta aux oreilles. Éperonnant sa bête à grands coups de talons, il vint à la rescousse. Une main sur les seins, l'autre sous le nombril, les dépouillées en pleurs lui contèrent à grand bruit la razzia du brigand. Il flaira aussitôt un forfait de son Merle.

– Cessez de pleurnicher, habillez-vous de feuilles et attendez-moi là, leur dit-il. Je reviens.

Il rejoignit son écuyer qui cheminait en sifflotant une chanson sentimentale.

– Vaurien ! Pirate ! Malandrin ! Honte sur toi ! lui dit son maître. Donne-moi ces souliers, ces robes, et que Dieu te lave les mains !

– Avez-vous bu ? lui répondit l'arsouille. Savez-vous bien le prix de ces jolis chiffons ? Et vous voulez les rendre ? Ne vous étonnez pas de n'avoir pas un sou ! Vous mourrez sur la paille !

Le chevalier prit fourre-bourre sur l'épaule les vêtements et s'en revint à la cascade.

Il y fut accueilli comme un héros vainqueur d'un dragon à sept têtes. La première des trois lui baisa les genoux.

– Nous sommes fées, dit-elle, et pour ta récompense, accepte ce cadeau qu'il me plaît de t'offrir : où que tu ailles, ami, tu seras bien reçu. Ton charme t'ouvrira les portes les mieux closes. Il n'y aura pas de toit qui ne soit pas le tien.

La deuxième des trois lui baisa la main droite.

– A mon tour, chevalier, je bénis ta bonté et te fais ce présent : quand tu voudras savoir ce qu'une femme tait aux hommes d'ordinaire, tu le demanderas à la bouche cachée qu'elle tient entre ses cuisses. Et cette bouche-là qui n'a jamais menti à l'instant te dira ce que tu veux entendre.

La troisième des trois lui baisa la main gauche.

– Il pourrait arriver, lui dit-elle, l'œil gai, que le con de la dame ait un empêchement. S'il se trouve muet, son cul te parlera. Tel est l'humble pouvoir que j'ose t'accorder.

Ces discours peu chrétiens surprirent extrêmement le sauveur de ces dames. Il ne sut que répondre. Il leur bafouilla donc quelques remerciements et reprit son chemin, le front dans les nuées.

Or, comme il rejoignait son écuyer contrit, il vit venir par le chemin un curé sur sa jument grise. Le chevalier le salua. L'enfroqué s'arrêta, s'exclama comme un vieux croisé retrouvant un frère perdu, lui offrit l'argent de sa bourse, sa maison pour quatre ou cinq nuits. Bref il fit tant, en rien de temps, que Merle-Roux dit, ébahi :

– Est-il fou, ou se moque-t-il ?

– Ces dames étaient vraiment des fées, marmonna l'autre, pour lui-même. Moi qui croyais qu'elles me jouaient quelque tour de filles malignes !

Et à l'écuyer bouche bée :

– Allons, tu ne peux pas comprendre. J'ai désormais, apparemment, des pouvoirs tant heureux qu'utiles. Merle-Roux, je n'en dis pas plus.

– Hé, j'en veux savoir davantage !

Ils laissèrent l'abbé au milieu du chemin suppliant le vent gris d'aimer son nouveau frère. Ils poursuivirent sans encombre leur route jusqu'au soir tombé.

Comme la lune s'allumait leur vint devant au bout d'un pré un château de belle carrure. Ils mirent pied à terre et frappèrent au portail. Qui leur ouvrit ? Le châtelain, avec les gens de sa maison, épouse, amis et domestiques, écuyers, grands-pères, cousins. Auraient-ils accueilli saint Pierre et le Bon Dieu, ils n'auraient pas été de cœur plus généreux. Tous deux furent escortés jusqu'à la salle haute. On ranima le feu, on leur versa à boire, on dressa le couvert sur des nappes de lin, on servit des rôtis, des friandises rares. Enfin on les mena chacun dans une chambre ornée de fleurs des champs et de tapis moelleux. Comme ils s'y installaient, l'épouse du seigneur prit à part sa servante. A voix basse elle lui dit :

– Honore cette nuit notre bel invité. Je veux qu'il soit ici comme dans sa maison. Couche-toi près de lui et fais selon sa guise.

Quand chacun eut rejoint ses pénates privées, le chevalier fourbu se trouva fort surpris de voir à son chevet venir la fille nue.

– Que veux-tu, demoiselle ?

– Seigneur, vous me plaisez.

– Viens là, que je te baise.

Il caressa les seins, agaça le nombril. Enfin, risquant un doigt dans la fente touffue :

– Con tendre, con secret, j'ai des doutes. Dis-moi. Que viens-tu faire ici ?

– La dame du château veut vous faire plaisir. Elle exige de moi que je vous satisfasse, ou du moins que j'essaie. Me voici donc, monsieur.

La voix venue d'en bas, claire comme l'eau vive, arracha un grand cri à la bouche d'en haut. La fille épouvantée ramassa sa chemise et s'enfuit mains devant comme si cent démons harcelaient ses mollets. L'épouse du seigneur l'entendit galoper dans le couloir obscur. Elle lui ouvrit la porte. Elle agrippa son bras.

– Où vas-tu donc, coquine ?

– Oh madame ! Oh mon Dieu !

Elle lui conta par le menu la bouleversante anecdote. L'autre l'écouta, les yeux ronds, lui fit dire et redire encore, estima la chose impossible, enfin décida, vers minuit, d'attendre le prochain matin pour tirer le mystère au clair.

Le lendemain après la messe, quand chacun s'attabla devant les fruits confits, les galettes beurrées, les vins et les tisanes, la dame s'excusa, disparut un moment dans ses appartements, se bourra de coton la fente frisottée, et revenant en compagnie :

– Il paraît, chers amis, que notre chevalier fait parler quand il veut l'entrejambe des dames. A mon sens, il se vante. Assurément le mien demeurerait muet s'il osait l'inviter à la conversation.

Tous s'ébahirent fort autour des victuailles.

– Madame, dit le chevalier, si vous me permettez de m'adresser à lui, je crains que son bagout ne vous laisse pantoise.

– S'il dit le moindre mot, lui répondit la dame, je vous ferai compter cinquante pièces d'or.

– Et s'il ne parle point, madame, je m'engage à quitter ce château sans bottes ni cheval.

Et se penchant aimablement :

– Doux con, con désirable, à toi de décider. Serai-je déconfit ? Serai-je fortuné ?

Le pauvre bâillonné laissa péniblement aller un borborygme, un gémissement vague, un soupir, rien de plus.

– Mon maître, murmura Merle-Roux, l'heure est grave. Si nous partions d'ici avant qu'il soit trop tard ?

– Ô merveille de cul, reprit le chevalier, dis-moi. Quel contretemps empêche ton voisin de prendre la parole ?

– On l'a tantôt nourri d'un paquet de coton. Il a la bouche pleine.

Tous, parmi les convives, à grand bruit s'exclamèrent. La voix parlait français. Elle était claire, franche, et sans accent notable. En outre, elle sortait bien du lieu fondamental. La dame, le front bas et les joues rougissantes, admit la tricherie.

– Restons-en là, dit-elle, et revenez nous voir quand bon vous semblera.

Cinquante pièces d'or passèrent de sa bourse aux mains de Merle-Roux. Son maître, désormais, vécut tranquillement. A quoi bon se hâter quand tout vous vient de face, amis, femmes, fortune, indulgences du Ciel ? Un jour de son grand âge il interrogea Dieu. Il demanda :

– C'est tout ?

Dieu lui répondit :

– Oui.

Il murmura « merci » et mourut à l'instant. S'il est au paradis, qu'il me chauffe la place et prie parfois pour ceux qui n'ont jamais croisé de fées déshabillées sur leur ligne de vie.

Le diable à la serrure

Il était une fois un fermier rechigné. Quoique pourvu de champs convenablement riches et d'une heureuse femme aux yeux de soleil bleu il n'aimait pas la vie, ce miroir de nos âmes, et donc la vie ne l'aimait pas. Son épouse non plus. Elle préférait l'abbé du village voisin. Il confessait ses fautes avec enthousiasme, il était vigoureux, éloquent, de bon cœur, il savait lui parler, et mieux que dire faire ce que son rabat-joie ne lui faisait jamais.

Un jour que ce jeune homme à la soutane alerte arrivait à la ferme où sa merveille nue (croyait-il) l'attendait, à l'instant de pousser la porte il entendit, dedans, grogner. Il colla l'œil à la serrure. Il vit le gros mari, revenu impromptu d'une foire lointaine, occupé à bâfrer devant son pot de vin. Sa femme, près de lui, grignotait des olives. Elle avait l'air rêveur. Le prêtre, dépité, fit un pas en arrière et se gratta le nez.

C'était un homme vif, tant d'esprit que de ventre. Il n'était pas de ceux qui renoncent à mener leur petit pape à Rome avant même d'avoir pesé l'inconvénient. On dit que le désir rend les mous du bonnet plus sots que d'habitude et les intelligents plus diablement finauds. L'amoureux réfléchit l'espace d'un soupir. Il entra sans frapper, et les poings sur les hanches au milieu de la salle il se prit à tonner, ardent comme un Moïse houspillant le péché :

– Holà, gens de mauvaise vie, que la honte vous emparouille ! Que faisiez-vous donc à l'instant ?

– Hé, l'abbé, nous mangions, bafouilla le fermier, son râble de lapin au travers de la bouche.

– Vous mentez mal, bonhomme ! Hélas pour votre part de paradis perdu, je vous ai vus baiser épouvantablement, à l'instant, derrière la porte. Brigands ! J'en ai encore une nausée tenace ! Osez dire que non !

– Mon père, je le dis, répondit l'étonné. Et je le redirai, s'il le faut, mille fois.

– Allons donc, fulmina l'ingénieux filou, là, au seuil de chez vous, comme je renouais mon lacet de chaussure, incidemment mon œil par le trou de serrure a constaté les faits. Vous, monsieur le ventru, teniez la pauvre dame écartée sur la table et fourriez rudement votre baguette au four. Qu'avez-vous à répondre ?

– Qu'un diablotin, l'abbé, a trompé votre vue, car je n'ai pas commis cet acte que vous dites.

– La maison en effet est peut-être endiablée, répondit le curé, semblable tout à coup à quelque saint guerrier contemplant l'ennemi. Avant d'aller plus loin, armons-nous de sang-froid. Sortez, et regardez comme à l'instant j'ai fait. Si vous voyez, dedans, ce que je n'ose dire, il faudra, je le crains, exorciser les lieux.

Il prit son homme par l'épaule, il le poussa dans le jardin, s'enferma d'un coup de talon et tira les quatre verrous.

La dame était déjà les jupons au nombril parmi les victuailles. La hâte aiguillonnant leur joyeuse famine ils prirent l'un et l'autre un plaisir furibond, tant à s'entre-baiser qu'à entendre l'époux battre du poing la porte en braillant haut et fort au démon pernicieux. Dès qu'ils eurent joui, l'amant s'en fut ouvrir.

– Qu'avez-vous vu, l'ami ? dit-il, l'air d'un docteur consultant son malade.

– Hélas, répondit l'autre, exorcisez, l'abbé. Je paierai ce qu'il faut.

Il paya, plutôt deux fois qu'une, et le diable mit quelques lunes à s'enfuir d'où il n'était pas. Là où il était il resta. Nul ne le vit, nul ne le voit. Ni le mari, ni son épouse, ni le curé, ni vous, ni moi.

L'homme qui avait perdu son âne

Ce bougre d'homme-là, au retour du marché, avait perdu son âne. Il avait fait, une heure à peine, une sieste de père abbé sous un arbre au bord du chemin, et s'éveillant du somme il avait tout soudain appelé au secours la troupe du Bon Dieu. Son frère de voyage avait quitté le pré où il l'avait laissé, broutant l'herbe folâtre. Il chercha, battit les buissons, promit cent sous à saint Antoine. Rien n'y fit. Il lui fallut donc reprendre seul son chemin droit.

Jusqu'au soir il marcha, le nez dans son écharpe, en se plaignant de tout. Ses souliers le blessaient, l'orage menaçait, sa femme le trompait, le passé était rude et l'avenir boudait, le sort, décidément, s'acharnait sur sa vie. « Certes, se disait-il, j'ai vendu ce matin trois volailles au marché, mais qu'aurai-je gagné, dites, Dieu Tout-Puissant, si vous vous obstinez à me cacher mon âne ? » Bref, ruminant ainsi, il fit halte à la nuit dans une cour d'auberge.

Une noce y dansait, buvait et chantait haut. Notre homme s'enquit d'une chambre.

– Hélas, répondit l'aubergiste, je n'ai plus le moindre réduit. Les amis et parents des nouveaux mariés occupent la maison, des grabats de la cave où dorment les ivrognes aux recoins du grenier où logent les enfants.

L'autre gémit, pria, il essuya deux larmes au bord de ses paupières et fit le chien battu si ostensiblement que le maître du lieu en fut pris de pitié.

– Bonhomme, lui dit-il, je vous vois fatigué, et certes, il faut parfois secourir son prochain. Montez dans une chambre et couchez sous un lit. Vous y serez au moins à l'abri de la pluie. Soyez discret surtout. Gardez-vous de ronfler. Je ne veux pas qu'on sache au village, demain, que j'ai logé quelqu'un sous le sommier d'un autre.

L'homme remercia, il ôta ses chaussures, il grimpa l'escalier, il palpa çà et là, dans le couloir obscur. Sous ses doigts tâtonnants vint un battant de porte. Il l'ouvrit, il entra, s'en alla se glisser sous le grand lit de fer, mit son sac sous son crâne en guise d'oreiller, et là ne bougea plus.

A peine avait-il fermé l'œil qu'une lueur de lampe éclaira le plancher. Deux escarpins menus et deux souliers vernis s'avancèrent vers lui. Les jeunes mariés venaient de fuir la noce.

– Oh, murmura l'époux dans un froissement doux, je veux tout voir d'abord, avant de caresser. Laisse-moi regarder. Oh, ceci ! Oh, cela ! Oh, là, cette merveille, cette rondeur, ce creux ! Oh, ma vérité nue ! Je vois tout ! Je vois tout !

Comme le mari neuf s'extasiait ainsi une tête sortit des profondeurs de l'ombre, et se posant soudain sur le rebord du drap :

– Excusez-moi, monsieur, vous qui voyez si bien, auriez-vous par hasard vu quelque part mon âne ?

L'anneau

Ce jeune homme avait pour marraine la plus vieille fée du pays. Elle était bosselée, difforme, malicieuse à rendre jaloux Lucifer et sa troupe noire, et pourtant plus naïve et tendre qu'un printemps. Elle aimait son filleul d'amour impénitent. Elle veilla sur sa vie, invisible et pourtant sans cesse nourricière, jusqu'au jour où ce presque fils fut en âge d'aimer les femmes. Un dimanche matin elle vint donc dans sa chambre, s'assit au bord du lit, et tapotant sa joue avec une affection de grand-mère vivace :

– Mon garçon, lui dit-elle, enfin te voilà mûr pour la musique douce. Hé, voyez ce pipeau qui soulève le drap ! On dirait un gourdin déguisé en fantôme. Il a hâte d'aller jouer la sérénade et faire s'entrouvrir la fente des volets. Certes, il n'a nul besoin qu'une vieille l'assiste, il saura bien trouver sans moi les bons chemins, mais cet instrument-là est parfois capricieux. Prends cet anneau d'argent. Passe-le à ce doigt où l'on met l'alliance. Par sa vertu, mon fils, tu diras simplement « dominus vobiscum » et ton bâton chanteur gonflera comme un pain au four du boulanger. Plus tu répéteras ce mot de saint plaisir, plus il prendra ses aises. Ainsi tu combleras tous les puits désirables, étroits, larges ou profonds, fragiles ou renfrognés. Quand tu voudras qu'il reprenne son air d'innocent angelot, tu lui diras ceci : « cum spiritu tuo », et il retournera à sa tranquillité. Pardon, j'ai trop parlé. Les vieilles sont bavardes ! Adieu. Aime ta vie, quoi qu'elle veuille te faire, et tu seras heureux.

Elle s'en fut en riant, le nez dans le menton.

Son filleul fut heureux une semaine ou deux. Il troussa de son braquemart à géométrie variable quelques inoubliables couplets, puis un jour, se baignant dans un trou de rivière, son anneau lui tomba du doigt au fond de l'eau. Il fut aussitôt avalé par une grosse mère carpe, qui descendant nonchalamment le courant le long de la berge mordit aussi à l'hameçon que lui tendait un enfant triste qui, du coup, se trouva content. Il vendit pour trois sous sa prise à la servante du curé.

Voilà donc vers midi la carpe à la cuisine et Suzanne à l'évier lui vidant la tripaille.

– Oh, monsieur le curé, voyez ce que je trouve ! Une bague d'argent. Vous devriez l'essayer !

– En effet, elle me va, Suzanne. Je la garde.

C'était un samedi. Le lendemain dimanche, au premier « dominus vobiscum » de l'office, la voix mâle du prêtre un instant trébucha. Au deuxième il toussa et d'un geste nerveux s'épousseta le ventre. Au troisième soudain il serra les genoux comme si quelque rat escaladait ses cuisses. Au quatrième il se mit à marcher de côté, le dos à l'assistance et les deux poings crispés sur un démon paillard qui manifestement occupait l'entrejambe. Au cinquième il s'enfuit sans dire où il allait. Les fidèles s'émurent.

– Oh, je vois ce qu'il a, dit un habitué des lumbagos chroniques. Un diable vertébral. Je connais, c'est terrible.

– Hé non, à mon avis il a dû manger hier des moules avariées, dit une rosière optimiste. Il va nous revenir bien propre et bien léger.

– Curieux, dit un gendarme. J'ai comme l'impression qu'il cachait un fusil, tantôt, sous la soutane.

Suzanne, éberluée, courut à la maison. Elle trouva son curé couché sous l'édredon, contemplant le plafond, les yeux exorbités, et serrant sous son nez la couverture grise.

– Que vous arrive-t-il, pauvre homme, dites-moi ?

– Dieu nous punit, Suzon. Nous avons trop péché. Oh, nous n'aurions pas dû !

– Vous punir, vous, mon beau, par qui chante si bien ma bouche moustachue ? Dieu n'est pas si méchant ! Allons, montrez-moi donc ce qui vous fait misère.

– Suzanne, regardez.

Comme un martyr s'offrant aux griffes des lions d'un grand geste il ouvrit le drap qui le couvrait. Suzanne un long moment resta la bouche ouverte, puis renversant un vase en cherchant un appui :

– Oh, Seigneur, c'est puissant. Dites, ça doit peser, une affaire pareille.

– Il faut prier, Suzon, répondit sombrement le bandant formidable.

– Remarquez, j'en connais qui aimeraient avoir le tiers de la moitié du quart de cette chose, risqua Suzon, pâlotte, avec un enjouement quasiment héroïque. Enfin, prions, si vous voulez.

Par foules, par flopées, par ruées obstinées les « dominus » suivis de « vobiscum » sonnants envahirent la chambre, et le chibre vorace atteignit le plafond, le creva sans faiblir, traversa le grenier, la charpente, le toit, la brume, le ciel bleu, parvint enfin à Dieu dans sa cité céleste.

– Est-ce un homme qui vient ? gronda le Tout-Puissant. Saint Pierre, tire donc cette étrange avant-garde.

Et saint Pierre tira.

Or, chez les gens d'en bas, le filleul de la fée avec tout le village assemblé dans les rues contemplant, nez au vent, le vivant obélisque enfoncé dans les nues se dit qu'assurément son bel anneau d'argent avait trouvé un doigt à sa juste mesure, et que ce doigt était quelque part sous ce dard planté près du clocher. Il courut aussitôt à la maison du prêtre.

– « Cum spiritu tuo », dit-il tout essoufflé au chevet du perclus. Répétez après moi. Vous comprendrez plus tard.

Ils répétèrent ensemble, et l'intraitable asperge enfin s'amenuisa. Hélas, elle ne descendit pas, car saint Pierre, là-haut, tenait ferme le manche. Ce fut le curé qui monta. On le vit s'envoler parmi les hirondelles, et chacun lui cria :

– Bonjour aux Bienheureux, aux apôtres, à Jésus, à la Vierge Marie !

Il répondit à tous :

– Je n'y manquerai pas !

Dieu lui tendit la main pour la dernière marche. Il est au paradis, dans le grand cœur qui bat.

Le moine et les joies d'Amour

Il était un jeune moine plus naïf qu'un papillon. Il ne connaissait des femmes que le ventre de sa mère et le lait de son téton. Depuis sa petite enfance il vivait à l'abbaye, se nourrissait d'évangiles, de vies saintes, de pain gris. Il ne savait rien du monde et prenait les hirondelles pour des anges voyageurs.

Or, un jour qu'il balayait la chambre du père abbé, il vit sur la table un livre qui alluma son œil bleu. Il s'en fut dans le couloir, appela un serviteur.

– Regarde cette merveille ! Vois-tu ce qui est écrit, là, sur cette couverture ?

– Frère, je ne sais pas lire.

L'autre récita, béat, l'index désignant le titre :

– « Les joies secrètes d'Amour. »

– Oh, je connais ces joies-là, lui répondit le garçon en riant, tout rengorgé.

– Ciel ! Et moi qui les ignore ! Mon frère, je veux savoir. Où les trouve-t-on, dis-moi ?

– Partout où sont des tendrons. Sous les édredons, la nuit, quand la chandelle est éteinte, dans le foin des écuries, dans les granges, les auberges.

Et se penchant à l'oreille du moinillon ébahi :

– Voulez-vous les découvrir ? Si vous avez quelque

argent à me glisser dans la poche, une de ces matinées, je pourrai vous y mener.

– J'ai ma bourse d'héritage. Est-ce peu, est-ce beaucoup ? Je t'en donnerai six sous.

Le filou lui répondit :

– Demain dans l'après-midi je dois me rendre au village pour y chercher du vin blanc, des galettes et du fromage. Je dirai au père abbé que j'ai besoin de votre aide. Nous irons à la taverne que tient ma tante Lucie. Elle connaît les joies d'Amour. Pour six sous, mon petit frère, elle vous les fera goûter !

Le lendemain ils s'en furent. Le ciel était d'humeur simple, le chemin semblait content, le vent riait dans les arbres, les oiseaux criaient : « Vas-y ! » Ils allèrent à belle allure au lieu des révélations. C'était une vieille auberge. Elle puait le feu mouillé. Ils dînèrent d'oignons crus et de sardines fumées, après quoi dans la cuisine, tandis que le moinillon marmonnait ses oraisons, le valet dit à sa tante :

– Ma Lucie, veux-tu gagner sans souci ni gros labeur trois pièces de bel argent ?

– Volontiers, répondit l'autre.

– Amène au lit ce bon moine, et donne-lui du plaisir.

– Il est de belle figure. Il m'en donnera aussi.

Elle fit un brin de vaisselle, puis elle ôta son tablier, prit le frère par la main. Ils grimpèrent l'escalier.

Dans la chambre au bord du lit d'abord elle le dévêtit, puis elle défit sa chemise, sauta hors de ses jupons et s'allongea près de lui. Elle le serra dans ses bras, fit danser ses mains, son ventre. Il ne bougea pas d'un poil. Il pensa, les dents clouées : « Seigneur Dieu, que dois-je faire ? » Dieu ne lui répondit pas. Alors le puceau, perplexe, pour questionner plus à l'aise le saint patron de sa vie, se tourna contre le mur. Lucie s'en trouva fâchée.

– Quoi, dit-elle, on me néglige ? On dédaigne mon puits

chaud ? Tudieu, quel homme est-ce là ? Hé, brigand, hé, malotru, regarde-moi s'il te plaît !

D'un coup de genou sournois elle lui luxa l'entrejambe, puis chevauchant le pauvret lui fit pleuvoir sur la trogne, les épaules et le thorax une averse de poings durs. Le moine entre deux châtaignes, râlant, bavant, ahanant, risqua un œil hors du coude et dit :

– Est-ce donc cela, madame (ouille !) l'aubergiste, qu'on appelle « joie d'Amour » ?

– Tu l'as dit, fils de belette ! Et c'est (paf !) cela aussi !

L'autre pensa qu'à tout prendre il préférait le couvent. Il roula sur le plancher, prit son habit, sa ceinture, ses sandales et l'escalier.

Dans la salle de l'auberge le serviteur affalé dormait entre deux bouteilles. Il le prit par les cheveux et le traîna vers la porte.

– Avez-vous tout bien goûté, extases, frottis pervers et cavalcades cosaques ? demanda le somnolent.

L'étrillé lui répondit, boitillant et renfrogné :

– J'ai dégusté jusqu'à l'os. Tout est bien. Prenons la route.

L'aube se leva bientôt. Comme ils allaient en silence, frère puceau s'inquiéta.

– Compagnon, rassure-moi. Quand un homme et une femme couchent dans le même lit, il arrive, paraît-il, qu'ils pétrissent un nourrisson en se frottant l'un à l'autre. Sais-tu, toi qui sais beaucoup, qui porte l'enfant à naître ?

– Celui qui se tient dessous, lui répondit le jean-foutre.

Le moinillon se signa.

– Horreur, misère et débâcle ! Dessous ? C'est ton dernier mot ? Ta tante a passé la nuit assise sur mon nombril ! Je vais avoir un marmot ! Je suis enceint, Dieu me damne ! Mon honneur est en lambeaux ! Tue-moi, creuse mon tombeau, la vie me tombe de l'âme !

Comme il gémissait ainsi, ils arrivèrent au village. Ils

croisèrent une dispute. Une veuve échevelée houspillait son gros voisin. Ils l'entendirent brailler :

– Ce bougre a battu ma vache ! Elle était grosse d'un veau. Du coup, la pauvre a mis bas avant le temps révolu !

Le moine, la bouche ronde, la prit par le bras et dit :

– Belle dame, répétez, que j'entende comme il faut.

Elle répéta volontiers trois fois sans reprendre souffle. Le frérot s'en retourna vers son compagnon de route.

– S'il suffit d'une rossée pour que le fruit du péché tombe du ventre par terre, hé, l'ami, je suis sauvé ! Allons à l'abri du bois. Je te donne, c'est juré, ce qui reste dans ma bourse si tu m'y fais avorter !

Il fit tinter son argent. Le valet tendit l'oreille, salua comme un soldat et l'œil luisant répondit :

– Mon frère, à votre service !

Ils coururent sous les arbres. Le moine se dévêtit, offrit l'échine à la brise.

– Cogne, cogne, ne crains pas ! Dieu bénit ton poing, ta canne et ta semelle pointue !

L'autre retroussa ses manches, se cracha au creux des mains et se mit à la volée.

Comme le cul bastonné tournait en braise fumante, un lièvre soudain bondit entre les jambes tremblantes et plongea dans un buisson. Le moinillon fit « holà ! », courut après lui, revint.

– Il est né, Dieu soit béni ! J'ai accouché ! cria-t-il. As-tu vu, mon bon ami ? J'étais gros d'un joli lièvre !

Et s'adressant au fourré où la bête se terrait :

– Va, mon fils, et vis ta vie !

Il rajusta son habit.

– Rentrons maintenant, dit-il. Je suis las des joies d'Amour. Certes, il faut bien tout connaître, donc je ne regrette rien. Mais mieux vaut de sa lucarne regarder le temps qui vient que courir les grands chemins pour des plaisirs discutables.

De ce jour jusqu'à sa mort, il ne mit le nez dehors que pour aller au jardin. Certains disent qu'il fut saint. Ici-bas, qui peut savoir ? Dieu seul connaît ses apôtres. C'est son secret, point le nôtre.

La veuve

Ils étaient deux pauvres moujiks. Chacun dans son champ labouré faisait ses semailles d'automne. Un vagabond vint à passer, le nez dans la brise fringante. Il s'assit sur un caillou rond. Il dit à l'un :

– Salut, bonhomme. Beau labour. Que sèmes-tu donc ?

Le moujik répondit :

– Du seigle.

– Bonne chance à ton grain, l'ami !

Il souleva haut son chapeau et se tourna vers l'autre champ (seul le sentier les séparait). Il dit au deuxième compère :

– Et toi, moujik, que sèmes-tu ? Ce qui sort de ton sac m'intrigue.

– Moi, monsieur ? Je sème des bites.

Il en lança, le geste auguste et à la bouche une chanson, une poignée dans son sillon.

– Que Dieu les bénisse, l'ami ! lui répondit le vagabond.

Il salua, but à sa gourde, et reprit sa route infinie.

Vint l'hiver, ses froidures blanches, vint le printemps, ses giboulées. Dieu, cette année-là, fut bon père. Le seigle poussa dru et fort. Les dards prirent aussi belle mine. D'abord timides salsifis mollement branlés par le vent, ils enflèrent, ils s'épanouirent en braquemarts aux glands joufflus si haut dressés et rougeoyants qu'ils intimidaient les oiseaux. Vint juillet, le temps des moissons. L'un fit des gerbes ensoleillées, l'autre entassa dans sa charrette sa récolte de chibres mûrs et prit le chemin de la ville.

Le lendemain, de grand matin, il s'en fut braillant par les rues :

– Bites fraîches ! Belles flamberges ! Aiguillons à plaisir secret ! Qui veut de mes pafs, de mes quilles ? Qui veut de mes bougies charnues ?

Dans sa chambre au premier étage une veuve haussa les sourcils.

– Va voir ce que vend ce moujik, dit-elle à sa jeune servante qui astiquait des bottillons près de la fenêtre entrouverte.

L'autre courut sur le pavé, serrant son châle autour du cou.

– Hé, marchand, que caches-tu là sous la bâche de ton chariot ?

– Des bâtons de lit, ma mignonne, des guignolets cueillis du jour !

Elle s'en retourna dans la chambre où la dame poudrait ses joues.

– Madame, il vend de ces objets que l'on fait grossir dans la main, des pibols, des flûtes brûlantes.

– J'en veux une ! Rattrape-le, rugit la veuve émoustillée. Va vite avant qu'il nous échappe !

La fille s'en fut et revint avec au bout des doigts la chose enveloppée de papier doux.

– Laisse-nous, lui dit sa maîtresse en s'asseyant sur l'édredon.

Elle se troussa, ouvrit les cuisses, poussa le dard au bord du puits. Il courba l'échine et la tête, comme un âne mal embouché rechigna, glissa de côté. Il refusa d'aller où la dame voulait. Elle s'en vint à la porte, et brandissant l'objet au nez de sa servante :

– Le moujik t'a-t-il dit comment il faut parler à ces affaires d'hommes ?

L'autre fit « non », la bouche ouverte.

– Va le lui demander, bécasse ! Qu'attends-tu ?

La petite trotta derrière la charrette, s'essouffla, demanda, s'en retourna fourbue.

– Pour cent roubles il vous le dira.

– Porte-les-lui, ne traîne pas !

Elle s'en alla côté soleil dans la ruelle matinale, revint le long des murs ombreux, monta sans hâte l'escalier, poussa la porte de la chambre.

– Il faut lui dire « s'il te plaît ».

– Bien. Va te reposer, ma fille.

La veuve s'allongea au travers de son lit. Elle dit ce qu'il fallait, fit ce qu'elle désirait, puis voulut délivrer son trou d'amour flapi. Elle ne put. Le fougueux, farouche, s'obstina. Elle daigna se pâmer encore une ou deux fois, et s'estimant comblée ordonna la retraite. La chose un bref instant parut lui obéir, hésita, plongea de plus belle et se décarcassa avec un entrain tel que la dame effondrée, sa jupe entre les dents, dut appeler à l'aide.

– Fille, cours demander à ce fils de putain comment on se défait de ses pilons féroces !

La servante s'en fut, resta longtemps dehors, revint en chantonnant :

– Madame, c'est cent roubles.

– Prends-les, haleta l'autre, agitée sous le drap d'inquiétants soubresauts.

Le voyage se fit en un peu plus d'une heure. Enfin, poussant la porte :

– Il faut dire « merci », soupira l'envoyée.

Elle avait l'œil luisant et croquait une pomme. Le moujik la lui avait offerte avec son compliment pour sa bouche charnue. La veuve dit le mot. Délivrée, elle rangea son trésor dans l'armoire. La servante s'en fut à son bonheur nouveau. Elle était avenante autant que pauvre et simple. Elle eut, outre le dard, l'homme et son regard bleu, une flopée de roubles, une noce et trois fils. Elle eut aussi, dit-on, du bonheur à revendre. Elle en offrit beaucoup. A la vie va la vie.

Miti

– Jouons ! dit Dieu à son épouse.

Il avait nom Tenatowan. Sa femme s'appelait Miti. Ils étaient un peu turbulents. Ils aimaient se faire des farces.

– Je veux bien, lui répondit-elle. Quel jeu te plairait aujourd'hui ?

– Grimpons sur la colline et sur des peaux de phoques laissons-nous glisser jusqu'en bas.

– Bonne idée. Yop ! J'y suis déjà !

A grands cris, les bras battant l'air, ils dévalèrent sur la neige. Au fond de la vallée était un igloo grand comme une cathédrale. Miti fit halte avant. Le Créateur voulut se retenir au vent, mais autant arrêter une foudre en vadrouille. Dans un envol d'écume il freina des deux pieds, des dix doigts et des coudes, il hurla, effaré, fit exploser le mur en mille éclats givrés, s'immobilisa, haletant. Le toit s'effondra sur son crâne. Il se mit à gémir sous les amas de glace :

– Ahi ! J'étouffe ! Je me meurs ! Miti, vieille canaille, au secours ! Aide-moi !

Miti escalada la ruine et riant comme cent corneilles retourna au galop à la maison commune.

A grand-peine Tenatowan se dépêtra de son cocon, souffla par le nez deux tempêtes, revint chez lui, chercha sa femme. Il la trouva à la cuisine. Elle se faisait cuire un ragoût. Il la prit par la nuque et par le bas du dos, la souleva de terre et la jeta dehors.

– Va donc, eh, sans famille ! lui cria-t-il, tout rouge, tandis qu'elle s'affalait sur le sentier neigeux. Retourne à ta toundra, parmi les bêtes brutes ! Tu ne mérites pas mon hospitalité !

Elle se releva, claudicante, épousseta la poudre blanche qui la couvrait des pieds au front, trotta derrière un roc, sortit de sa ceinture un couteau de silex, trancha ses seins, ses fesses et son sexe velu, puis les aligna sur la neige et l'œil rieur leur ordonna de se changer en hommes vrais. Aussitôt furent devant elle quatre gaillards de bon aloi.

– Nous allons berlurer mon époux, leur dit-elle. Écoutez-moi bien, mes tout beaux. Je vais rentrer à la maison. Vous laisserez passer une heure, puis vous viendrez sur le chemin, comme des voyageurs fourbus. Vous frapperez à notre porte. Tenatowan vous ouvrira. Alors vous lui direz que vous êtes mes frères et que vous venez me chercher.

Ayant ainsi parlé elle se trancha encore un morceau de mollet, posa le bout de chair sur sa ligne de vie et d'un souffle en fit un oiseau. Elle murmura entre ses yeux :

– Avant que les autres n'arrivent, envole-toi vers la maison et viens piailler au bord du toit.

Elle laissa là ses cinq complices et s'en revint en boitillant à la cabane conjugale.

Sa fille l'aperçut par la fenêtre ouverte.

– Tiens, dit-elle, voilà maman.

– Miti, bougonna Dieu, je me suis quelque peu emporté tout à l'heure. Je t'ai trouvée, c'est vrai, dans un trou de toundra, sans feu ni lieu, traînant misère. Mais tu as des enfants, tu n'es pas sans famille. Entre, tu es chez toi.

Elle alla s'accroupir près de la cheminée, jeta des bûches au feu, s'occupa de la soupe. Un pépiement fringant lui fit lever le nez.

– Entends-tu, mon époux ?

– Hé, femme, que m'importe !

– Cet oiseau vient de mon pays. Que dit-il ? Je comprends ! Il prévient la maison. Mes quatre frères arrivent.

Tenatowan grogna :

– Quoi ? Tu es née de rien ! D'où te viendraient des frères ?

– Les voici, dit Miti.

Les quatre hommes à l'instant parurent sur le seuil.

– La paix sur vous, dit le plus grand. Nous venons chercher notre sœur. Il paraît que Dieu la maltraite.

– Hé, emmenez-la donc, je ne veux plus la voir, gronda Tenatowan en agitant la main comme on balaie des mouches.

Miti prit ses affaires, en fit un baluchon et sans un mot sortit avec ses faux parents.

Ils marchèrent assez loin pour ne plus être vus. Alors elle s'arrêta, fit retourner ses gens à leur forme première, deux fesses, deux seins blancs, une bouche d'en bas, mais ne les remit pas à leur place ordinaire. Elle planta les tétons derrière les épaules, l'arrière-train devant et le brasier poilu entre gorge et nombril. Elle retourna chez elle.

– Tiens, revoilà maman, dit la plus jeune fille.

Le Créateur tonna :

– Misère ! Encore toi ? Aurais-tu par hasard oublié quelque chose ?

– Oui, répondit Miti. L'amour que j'ai pour toi, pour mes fils, pour mes filles.

– Femme, tu m'exaspères. Allons au lit, dit Dieu.

Le désir l'empoigna dès qu'il fut sous la couette. Il palpa son épouse. Il voulut la baiser.

– Par les cornes bleues du Chaos, Miti, dis-moi, où sont tes seins ?

– Où ils furent toujours, mon maître bien-aimé. Sous

l'omoplate droite est celui que tu cherches, sous l'omoplate gauche est celui que tu tiens.

– Miti, et ton cul rond ?

– Touche, il est là devant.

– Et le nid pour l'oiseau qui chante entre mes jambes ?

– Cherche, mon doux époux. Sens-tu comme il t'attend ?

Tenatowan passa la nuit la plus bizarre de son règne. Il ne baisa ni ne dormit. Il se leva furieux, ravala sombrement mille jurons sonnants, prit un grand souffle et dit en s'efforçant au calme :

– Allons, ma bonne amie, cessons de nous jouer de ces tours lamentables. Oublions. J'ai grand-faim. Veux-tu me préparer, s'il te plaît, un pâté ?

– Impossible, mon maître. Il me faut des racines, un brin de viande fraîche, et vois, je n'en ai pas.

Le feu se ralluma d'un coup dans l'œil noir de Tenatowan.

– Décidément, dit-il, tu es insupportable. C'est simple, je te hais. Chez les chasseurs de rennes il est des femmes expertes aussi bien en pâtés qu'en plaisir amoureux. Je te quitte. Je vais en épouser quelqu'une.

Il s'en fut droit dehors, majestueux et triste.

A peine la porte claquée Miti se mit à la cuisine, hacha, trancha, pétrit, rôtit, fit mille friandises rares. Après quoi en hâte elle sortit, se métamorphosa en bourrasque emballée, rejoignit son époux, lui passa au travers, s'assit, les jambes ouvertes, à cent pas devant lui et là gonfla son corps si prodigieusement que son sexe béant apparut devant Dieu comme le seuil d'un monde. A peine il hésita, s'enfonça prudemment sous la voûte géante. Aussitôt son époux dedans, Miti ferma l'entrée de la caverne intime et s'en revint à la maison. Elle le tint un moment dans la nuit de son ventre, puis lui rendit le jour. Tenatowan sortit aussi chauve qu'un gland. Son épouse lui dit :

– Mon maître, est-ce bien toi ? Je te vois tout changé.

– Moi ? lui répondit Dieu. Tu rêves, bonne femme. J'ai toujours été nu du crâne et des sourcils.

Leur vint ensemble en bouche un rire fracassant.

– Faisons la paix, dit-il.

– Viens donc manger, dit-elle.

Les Créateurs contents font les peuples paisibles. Ils vécurent tranquilles et les humains aussi.

Dieu et Miti se jouent des tours

Tenatowan le Créateur était enfin sorti des rognes et des soucis. Il avait marié ses deux filles majeures, l'aînée à l'Homme-Crépuscule, la deuxième à l'Homme-Brouillard. Son épouse Miti élevait la troisième, encore d'âge vert, avec une affection vigilante et joyeuse. Bref, le cœur de Vieux Père était comme un ciel bleu.

Il s'en fut un matin chasser le gros poisson. Au soir il s'en revint avec une baleine. Miti était auprès du feu. Sur la table il jeta la bête ruisselante.

– Voilà de quoi faire un festin, dit-il, content, à son épouse.

– Cette sorte de viande exige qu'on la cuise avec des herbes fines et des baies d'épineux, lui répondit Miti. Moi, je n'ai pas le temps d'aller en ramasser. Je dois m'occuper du ménage et de notre dernière enfant.

– J'irai donc moi-même, dit Dieu.

Il prit un sac en peau de phoque et s'en alla, le pas alerte, dans la brise du bel été.

Bientôt l'air odorant amollit son entrain. « J'ai mieux à faire, se dit-il, que de cueillir des fruits sauvages. » Dans les fleurs pâles il s'allongea, la nuque contre un caillou plat, réfléchit, l'œil mi-clos, prit son long coutelas, se trancha verge et couilles, les métamorphosa en petits êtres chauves et leur dit :

– Allez donc remplir ce sac de baies.

Les nabots s'en allèrent en chantant à tue-tête :

– Nous sommes les enfants de Grand-Père céleste, ohé, les beaux enfants de dieu Tenatowan !

Gambadant à grand bruit parmi les buissons bas ils rencontrèrent dans le pré la fille aînée du Créateur qui promenait ses dix servantes. Elle était fine mouche. A leur crâne luisant et leur barbe falote elle vit qui étaient ces gens-là. Elle leur dit :

– Mes tout beaux, mes lurons, mes frérots, laissez là votre sac, nous l'emplirons pour vous.

Les femmes s'égaillèrent, elles cueillirent des fruits par paniers débordants. La récolte bientôt fut traînée devant Dieu, après quoi les nains provisoires attendirent d'être rendus à leurs fonctions reproductrices, ce qui fut fait en un clin d'œil.

Tenatowan revint chez lui.

– Femme, voici de quoi parfumer la baleine.

Le festin fut grandiose. Y vinrent fils et filles, pêcheurs, chasseurs de rennes et sauvages lointains. A la fin du repas l'aînée dit à son père :

– J'ai rencontré des nains chauves comme des œufs, l'autre jour, dans le pré. J'ai ramassé pour eux avec mes dix servantes un grand panier de baies. Je me demande bien d'où venaient ces gens-là.

– Du haut de mes cuisses, ma fille, lui répondit le Créateur.

Tous rirent de bon cœur, mangèrent, burent encore et s'en allèrent ivres.

Après trois jours de paix Vieux Père s'ennuya. Un matin, il dit à Miti :

– Je vais explorer mes torrents. Mes trois fils m'accompagneront. Toi, ne perds pas ton temps à bâiller dans ton lit. Chasse donc quelques phoques et fais-les mijoter. Nous aurons cet hiver besoin d'huile et de graisse.

– C'est là travail d'époux, lui répondit Miti. J'ai déjà trop à faire à soigner notre fille.

– Hé, dit Dieu, tu m'agaces.

Sa longue pipe aux dents il s'en fut au rivage.

Au matin revenu Miti fit ses bagages : une toile de tente, un gourdin et sa fille emmaillotée serré, puis courut à la plage où s'ébattaient les phoques. Elle vit un mâle gras au pelage luisant. Il semblait rêvasser, affalé sur un roc. Elle lui cria, le front dans les nuées venteuses :

– Ohé, mon beau pansu, viens donc faire l'amour ! J'ai de quoi régaler ton mufle, tes nageoires et ta chandelle rose !

L'autre, dans son jargon, se grogna : « Pourquoi pas ? » Il se traîna jusqu'à la tente où Miti l'attendait, déjà prête à l'assaut. Ils firent l'un sur l'autre une sieste puissante, après quoi l'animal s'endormit sur le flanc. Il n'eut guère le temps de goûter au repos. Miti prit son gourdin, elle lui fendit le front, le jeta sur l'épaule et le porta chez elle.

Le lendemain elle s'en revint, baisa une nouvelle bête, comme la veille l'assomma, la traîna et la dépeça, le troisième jour fit pareil, le quatrième jour forniqua avec une baleine blanche, la harponna, la mit en tas. Le cinquième jour sa maison débordait de chair et de graisse. Au sixième matin son époux s'en revint.

– J'ai faim ! cria-t-il, dès le seuil.

Miti s'accroupit sous la table, elle trancha sa bouche d'en bas, la farcit de viande et de lard.

– Nous vivrons désormais séparés, lui dit Dieu. J'ai grande envie de solitude et toi tu n'as besoin de rien, tu es bien pourvue pour l'hiver.

– Mange donc, lui répondit-elle.

Il dévora, se pourlécha et s'en fut dans sa maison neuve. Elle était en amont du fleuve.

Miti, trois jours après, sortit dans le vent frais, huma l'air et dit à sa fille :

– Je vais rendre visite à mon balourd d'époux.

Sur la rive elle trotta, à la porte elle cogna. Le Créateur ouvrit.

– Miti ! Quelle surprise !

– Je suis venue goûter à ton poisson séché.

– Entre donc, assieds-toi. Je vais te préparer le meilleur de mon lot.

Il s'en fut sur le seuil, trancha son instrument de mâle au ras des couilles, l'enroba d'huile fraîche et le mit à griller. Il le lui présenta sur un lit d'aromates.

– Bon appétit, dit-il.

Miti flaira l'objet, palpa, goûta, cracha.

– Ce n'est pas du poisson, dit-elle, c'est ton dard.

Dieu rit abondamment. Il rugit, hoquetant :

– Ahi ! La bonne farce !

– Gros benêt, ricana Miti. Moi, j'ai craché ton doigt sans ongle. Toi, tu t'es pourléché de mon tunnel poilu, l'autre jour, dans notre cuisine.

– Ah diablesse ! Ah canaille ! gronda le Créateur. Tu es la plus rusée des femmes de ce monde, et c'est pourquoi je t'aime autant que nos enfants. Ramène-moi chez nous.

Elle le prit par le bras et tous deux s'en allèrent en laissant derrière eux la porte grande ouverte aux oiseaux égarés.

Nanok

C'était un ours. Il était jeune. Il aimait une femme aux yeux aussi changeants que le proche océan. Elle avait épousé un chasseur misérable. Dès qu'il quittait l'igloo avec ses trois harpons, sa lance, son couteau, elle ornait ses cheveux, elle ouvrait sa tunique, elle appelait :

– Nanok !

Sa voix était timide. L'ours entendait pourtant, là-haut, dans la montagne.

Il descendait des brumes, en hâte il accourait, le dos poudré de neige, il courbait les épaules, il entrait dans l'igloo. La femme l'attendait. A genoux sur le lit elle allumait la lampe et ses cuisses luisaient, et Nanok s'ébrouait et se couchait sur elle. Elle aimait sa fourrure rêche, son museau, elle aimait être nue sous ses énormes pattes, elle aimait le plaisir qui ôtait toute force à son grand corps pataud. Quand il avait joui elle chevauchait sa cuisse, se frottait lentement, le visage enfoncé dans son poitrail touffu. Alors l'ours lui disait :

– Un jour, petite femme, un jour tu monteras dans ma grotte, là-haut, dans ma grotte cachée sous la neige et le roc, et je t'épouserai, et je te donnerai douze fils invincibles !

– Dis-moi par où venir, Nanok, je ne sais pas, dis-moi par où venir dans ta maison secrète.

Et l'ours grognait tout doux contre sa tempe chaude :

– Tu vas vers tel rocher, tu contournes tel autre, tu chemines deux heures et tu vois trois cailloux.

Il lui parlait ainsi, puis il grondait à voix de tonnerre lointain :

– Mais ne répète rien, ma vie est dans ta bouche ! Souviens-toi, j'entends tout du haut de la montagne. Je t'entends respirer, je t'écoute dormir, je sais quand tu t'éveilles. Même par vent d'hiver je t'entendrai trahir !

Les jours allaient ainsi. Le soir, quand son mari revenait de la chasse :

– Rien ! Pas la moindre bête au bout de mon couteau ! Pas même un oiseau mort, pas même un ours perdu !

Sur la couverture il jetait ses armes, s'asseyait par terre et mangeait son lard, la tête baissée. Parfois, l'œil furieux, il levait le front.

– Femme, ta maison empeste le fauve !

– Non, mon mari, non, c'est l'odeur des peaux que j'ai recousues.

Elle venait à lui, elle posait la joue contre son épaule, elle nichait la main au fond de son ventre. Il la repoussait.

– Femme, laisse-moi. Je n'ai rien chassé. Je suis un pauvre homme.

Il restait assis au bord de la couche, le front dans ses poings.

Un soir de grand vent elle lui vint tout près, lui baisa l'oreille et lui dit d'un souffle à peine vivant :

– Je connais un ours.

L'homme sursauta. Il bondit debout.

– Un ours ? Où est-il ? Dis-moi, femme, vite !

– Homme, calme-toi. Défais ta ceinture, ôte ta chemise. Oh, donne ta main. Sens-tu mon désir ? Couche-toi sur moi

Tandis qu'en geignant il la besognait :

– Va vers tel rocher, contourne tel autre, chemine deux

heures, là sont trois cailloux. Entre dans la grotte au plus haut des trois.

Quand l'homme eut joui il prit ses couteaux, appela ses chiens, fit claquer son fouet.

Dans l'igloo la femme écouta le vent, les yeux grands ouverts, la bouche tremblante, entendit soudain des pas de tambour, là-haut, dans la neige, entendit gronder un roulement sourd. Les ongles affolés elle creusa le sol pour s'enfouir dedans. Elle gémit :

– Nanok ! Oh, son souffle chaud ! Oh, sa patte énorme ! Ma pauvre maison, il va l'écraser !

Ne vint que le vent sur l'igloo, rien d'autre. Nanok le trahi fuyait en pleurant. Son mufle soufflait de la buée rauque. Des chiens aboyaient dans la nuit gelée. Ils venaient sur lui. Le jour était loin.

Nukar

C'était un vieux garçon. Il s'appelait Nukar. Il ne parlait jamais, sauf quand il était seul. Les autres lui disaient :

– Décrasse ta figure et brosse ton kayak, vois, les algues le mangent.

Nukar leur répondait d'un vague grognement. Il n'avait pas l'esprit aux choses ordinaires.

Un soir dans la maison commune, un chasseur se souvint d'une fille entrevue, plus haut, au bord du lac. Tandis qu'il décrivait ses gestes, son visage et la lumière étrange et vive de ses yeux, dans la pénombre épaisse où les hommes écoutaient Nukar resta penché à regarder ses pieds. Avant les autres il quitta l'assemblée. Le lendemain dès l'aube grise il s'éveilla, prit sa peau d'ours, enjamba les trois corps de ses frères endormis, sortit sans qu'ils ne bougent un doigt, frotta sa figure de neige, décrassa ses oreilles et lissa ses cheveux puis s'en alla gratter les flancs de son kayak. Quand ce fut fait il embarqua et le long de la rive il s'en fut au village où était cette fille.

Il y parvint au soir. Les gens de la maison lui firent bon accueil. Tandis qu'il attachait au ponton son canot, ils lui dirent :

– Salut. Tu es le bienvenu.

Nukar franchit le seuil. La fille était dans l'ombre au

fond de son igloo. A peine l'eut-il vue qu'il sentit s'allumer dans sa tête et son cœur un feu inguérissable. Il ôta sa pelisse et son bonnet de phoque. Il fit un pas. Elle lui sourit. Si beaux étaient son corps, son regard, sa figure qu'il tomba à genoux, le front contre le sol, et là perdit le sens. Il ne vit plus que noir. Il n'entendit plus rien. Combien de temps passa ? Il revint à la vie. On avait allumé les lampes dans l'igloo. Il regarda la fille. Il lui vit l'air rieur. Il fit deux pas vers elle et à nouveau tomba la face contre terre, et à nouveau perdit l'odeur de la maison, sa rumeur, sa lumière.

Quand il reprit conscience, on avait disposé les lits le long des murs et la fille étalait des fourrures pour lui contre sa propre couche. Il fit deux et trois pas. Il toucha son épaule. Il s'étendit près d'elle. Le désir lui vint de l'étreindre et de ne plus jamais bouger, et de ne plus voir le soleil. On éteignit les lampes. Il se coucha sur elle. Entre ses cuisses chaudes elle accueillit son dard. Ce fut si violent et si doux qu'il entendit crier sa chair, sa cervelle, son sang, ses os, mais nul bruit ne franchit ses lèvres. Il lui sembla d'abord qu'en elle il s'enfonçait des pieds jusqu'au nombril, puis du cœur au menton, puis sa bouche et sa langue en elle s'enfoncèrent, enfin ses yeux, son crâne et ses cheveux luisants. En elle il disparut.

Au matin revenu la fille sortit seule. On l'entendit chanter, comme à son habitude. Nukar n'était pas avec elle. Il n'était pas dedans. Il n'était pas dehors. Et pourtant son kayak était encore là, vide, près du rivage.

Quiconque fait cent pas sans amour
marche à ses propres funérailles.

Vivre est comme aimer.
Toute raison est contre, tout instinct est pour.

Où va ton dard,
va ton pied.

L'amour est nu,
mais masqué.

D'un lion le désir parfois peut faire un âne
et d'un âne parfois il peut faire un lion.

A la tendresse qu'elle met à réchauffer un oisillon,
reconnais celle qui espère caresser ta plume.

En amour comme au jeu d'échecs
les fous sont les voisins des rois.

Le désir est une flamme,
la possession sa fumée.

Mon amour, ouvre ma tombe et vois la poussière
qui recouvre la belle ivresse de mes yeux !

La mort n'a qu'une peur :
que l'amour la dévore.

Sources

A. M. d'Ans, *Le Dit des vrais hommes*, Paris, 1977.

P. Camby, *L'Amour sublime*, Paris, 1994.

H. Carnoy, *Traditions populaires d'Asie Mineure*, Paris, 1967.

A. V. Charrin, *Le Petit Monde du Grand Corbeau*, Paris, 1983.

M. Coyaud et Jin Mieung Li, *Tigre et Kaki et Autres Contes de Corée*, Paris, 1995.

W. Dessaint et A. Ngwâma, *Au sud des nuages*, Paris, 1994.

G. Dumézil, *Contes lazes*, Paris, 1937.

D. Dussaussoy, *Le Fou divin*, Paris, 1982.

R. Erdoes, *Le Chant des flûtes*, Lyon, 1987.

R. Erdoes et A. Ortiz, *L'Oiseau-Tonnerre et Autres Histoires*, Paris, 1995.

E. J. Finbert, *Dictionnaire des proverbes du monde*, Paris, 1965.

L. Frobenius, *Contes kabyles*, Paris, 1995.

R. Graves, *Les Mythes grecs*, Paris, 1967.

P. Guiraud, *Dictionnaire érotique*, Paris, 1978.

A. Ibn Souleiman, *Le Livre de la volupté*, Paris, 1989.

V. Jago et A. Tshitungu Kongolo, *Les Dits de la nuit*, Bruxelles, 1994.

C. G. Jung, C. Kerenyi et P. Radin, *Le Fripon divin*, Genève, 1958.

La Fontaine, *Œuvres complètes*, Paris, 1991.

S. Lallemand, *L'Apprentissage de la sexualité dans les contes d'Afrique de l'Ouest*, Paris, 1985.

I. Liseux, *Kama Sutra*, Paris, 1984.

I. Liseux, *Le Livre du Cheikh Netzaolli*, Paris, 1984.

J. Malaurie, *Les Derniers Rois de Thulé*, Paris, 1976.

M. Maloux, *Dictionnaire des proverbes, sentences et maximes*, Paris, 1969.

F. Montreynaud, A. Pierron et F. Suzzoni, *Dictionnaire des proverbes et dictons*, Paris, 1993.

M. Palma, *Les Letuamas, gens de l'eau*, Paris, 1991.

A. Perbosc, *L'Anneau magique. Nouveaux contes licencieux d'Aquitaine*, Carcassonne, 1984.

R. Poignant, *Mythologie océanienne*, Paris, 1968.

E. A. Preyre, *Le Doute libérateur*, Paris, 1971.

D. Régnier-Bohler, *Le Cœur mangé*, Paris, 1994.

L. Renou, *Anthologie sanskrite*, Paris, 1947.

G. Roheim, *Psychanalyse et Anthropologie*, Paris, 1978.

L. Rossi, *Fabliaux érotiques*, Paris, 1992.

B. Soulié, *L'Érotisme japonais*, Paris, 1984.

R. Van Gulik, *La Vie sexuelle dans la Chine ancienne*, Paris, 1972.

B. de Villeneuve, *Contes secrets russes*, Paris-Genève, 1981.

X., *Contes picards*, Paris-Genève, 1979.

R. Zapperi, *L'Homme enceint*, Paris, 1983.

Table

AFRIQUE

AFRIQUE NOIRE

MONDE ARABE

DU MÊME AUTEUR

Démons et Merveilles de la science-fiction
essai
Julliard, 1974

Départements et Territoires d'outre-mort
nouvelles
Julliard, 1977
Seuil, « Points Roman », n° R456

Souvenirs invivables
poèmes
Ipomée, 1977

Le Grand Partir
roman
Grand prix de l'Humour noir
Seuil, 1978
et « Points », n° P525

L'Arbre à soleils
légendes
Seuil, 1979
et « Points », n° P304

Le Trouveur de feu
roman,
Seuil, 1980
et « Points Roman », n° R695

Bélibaste
roman
Seuil, 1982
et « Points », n° P306

L'Inquisiteur
roman,
Seuil, 1984
et « Points », n° P66

Le Fils de l'ogre
roman
Seuil, 1986
et « Points », n° P385

L'Arbre aux trésors
légendes
Seuil, 1987
et « Points », n° P361

L'Homme à la vie inexplicable
roman
Seuil, 1989
et « Points », n° P305

La Chanson de la croisade albigeoise
(traduction)
Le Livre de poche, « Lettres Gothiques », 1989

L'Expédition
roman,
Seuil, 1991
et « Points », n° P524

L'Arbre d'amour et de sagesse
légendes
Seuil, 1992
et « Points », n° P360

Vivre le pays cathare
(avec Gérard Siöen)
Mengès, 1992

La Bible du hibou
légendes
Seuil, 1994
et « Points », n° P78

Les Sept Plumes de l'aigle
roman
Seuil, 1995

Les Dits de Maître Shonglang
Seuil, 1997

Paroles de Chamans
Albin Michel, « Carnets de sagesse », 1997

Paramour
Seuil, 1998

RÉALISATION : PAO ÉDITIONS DU SEUIL
IMPRESSION : S.N. FIRMIN-DIDOT AU MESNIL-SUR-L'ESTRÉE
DÉPÔT LÉGAL : JANVIER 1999. N° 36194 (46980)